リーツ
「おはようございます、アルス様」
「おはようアルス」

「あ、アルス様だ。おはー」
シャーロット
ロセル

デザイン：AFTERGLOW　イラスト：jimmy

Contents

プロローグ

この夏、父が死んだ。

農民に生まれながら、持ち前の武勇で、下級では有るものの貴族まで成り上がった男の生涯は、三十九年という短さで幕を閉じた。

父は長い間病に苦しんでいた。

強靱《きょうじん》な肉体を持っていた父も、徐々に痩せこけて別人のようになり、最期には眠るようにして息を引き取った。

あれだけ苦しんでいたというのに、死ぬ間際は安らかな顔をしていた。

人間というのは死ぬ前は、苦しみが消えるものらしい。

葬儀の日、父の遺体は火葬された。

火葬が許されぬ地域も、このサマフォース帝国にはあるのだが、ここいらは火葬が主流であった。

メラメラと燃え盛る火と、立ち上る煙を見て、父が死んだということの実感が湧いてきた。

ある事情から、私は父を心の底から父であると、思ったことはなかった。

しかし、それでもこの世界で一番信頼し、一番尊敬していた人間であったことには間違いない。

涙が込み上げてくるが、グッと堪える。

泣いてはいけない。

私がこれからなすべきことを考えると、絶対にここで泣いてはいけない。

父の葬儀が終わったあと、私は父の部下だった者たちを集めた。

私は立派な衣装を身につけ、少しでも大人の男に見れるように気を配り、皆の前に立つ。

そして堂々と胸を張り、こう宣言した。

「今日よりこの私、アルス・ローベントが、父レイヴンの跡を継ぎローベント家の当主となる！」

それは、日本で一度死に、この世界に転生して、十二年目の出来事であった。

○

その日、私に訪れた死は、あまりにも呆気《あっけ》ないものであった。

私は、三十五年間、日本という国で実に平凡な人生を歩んできた男だ。

ごく普通の家庭に生まれ、小学校に行き、中学校に行き、高校に行き、大学に行き、そこそこの企業に入り、年収も四百五十万と平凡である。

普通じゃない点といえば、結婚していないことくらいだが、それも今の少子化の世の中にあっては、普通の事と言ってもいいかもしれない。

……まあ、彼女もまともに出来たことがないというのは、普通ではないかもしれない。

顔は自分では普通だと思っているのだが、やはり性格に問題があるのだろうか。

積極性に欠けるとは、色んな人から言われてきた言葉だ。常にぼんやりしているとも言われたことがある。

外れてはいない。確かに私は本気で好きになったこと以外、そこまで熱中したり積極的になったりしない性格だ。

彼女ができなかったのも、本気で好きになった女性が、今まで一人もいなかったからなのかもしれない。

さて、今日は月曜日だ。

昨日まで休日だったため、憂鬱であるが出勤しないといけない。

愛用しているビジネスバッグを右手に持ち、左手でドアノブを回し、扉を開け外に出る。

鍵を取り出して、鍵をかけようとした、その時、

ドクン‼

「！！？」


尋常じゃない痛みが胸に襲いかかってきた。

手が大きく震え、鍵とビジネスバッグを地面に落とした。そのあと、私は手で胸を押さえる。

あまりの痛みに息ができない、立っていられない。地面に倒れこんだ。


何だこれは、何なんだ。


痛みで頭が正常に働かない。何も考えられない。

そのまま、視界が暗くなってきて、意識が遠のいていく。

状況が何も理解できないまま、恐ろしいほどの苦痛とともに、私の意識は暗闇の中に落ちていった。

○

目覚めた時、私の目に映っていたのは、女性の顔であった。

状況が全く飲み込めない。

遡って一から考えてみよう。

まず、私はいつも通り出勤をしようとしていた。

それで家を出て鍵を閉めようとしたところで、強烈な胸の痛みが襲って意識を失った。

気付いたら女性の顔が前に。

少し丸めの愛嬌《あいきょう》のある女性の顔だ。

日本人ではない。白人である。胸の痛みで倒れたとするならば、ここは病院か？

しかし、女性はナース服を身につけていない。

知り合いでもない。白人女性の友達はいない。

そもそも彼女の表情は、まるで、愛犬を愛でる飼い主のように、和やかな表情をしている。

倒れて病院に運ばれたものに向ける表情とは、違うだろう。女性が口を開けて、何か話しかけてくる。何を言っているのか全くわからない。

外国語だが、本当に全く聞き覚えがない。

一応メジャーな言語は、話せはしないが、聞けばどの言葉かくらいは分かる。マイナーな国の女性のようである。

私も口を動かしてみる。動きはするが言葉はでない。

「あー」とか「うー」とかしか、発音できないようだ。

体を動かそうとしてみるが、満足に動かせない。

一応動いているみたいだが。

ん？


その時、私は自分の手を視界に収めた。

小さい。驚くほど小さい。

まるで赤ん坊の手である。

頭の中がクエスチョンマークで埋め尽くされる。

やっとの思いで出した、見間違えであったという結論は、もう一度自分の手を見たときにあっさりと、打ち砕かれた。小さいままだった。

何だこれは。


何の冗談だ？

それとも……。


私はあの時に死亡して、輪廻《りんね》転生《てんしょう》したのか？

輪廻転生とは、仏教における考えの一つで、死んだ魂があの世に行き、この世に何度でも生まれ変わるという、考えのことだ。

仏教の開祖ブッダは、生きる事とは即ち苦であると説いた。

人間の魂は輪廻転生を繰り返し、死んで転生し、死んで転生しを繰り返す事で、ずっと苦しみ続けているのだそうだ。

修行をして悟りを開く事で、輪廻転生の輪から解脱する事が出来るのだ。

私は悟りを開いていないから、転生してしまったという事なのだろうか。

仮にそうでも記憶があるのはおかしいと思うがな。

とにかく今の私の身に、尋常じゃない何かが降り掛かっているということだけは、理解をした。

理解はしたが、声も出せない体も動かせないのでは何をしようもない。

今は待つしかないか。

何だか急に眠くなってきた。体が赤ん坊であるからだろうか。

強烈な眠気に抵抗する事が出来ず、私は眠りに落ちた。

一章

それから数ヵ月が経過した。

言葉を理解できるようになって、判明した事がいくつかある。

まず転生した私の名前だが、アルス・ローベントというらしい。

実は前世の名前が全く思い出せない。

どんな人生を歩んできたかは覚えているのだが、名前だけが完全に欠け落ちてしまっているのだ。

覚えていたら名前が二つあることになり混乱してしまうので、逆に良かったのかもしれない。


もう一つわかったことは、この世界は地球ではない可能性があるということだ。

なぜそう思ったのかというと、文化レベルが地球に比べるとあまりにも低いのだ。

テレビやラジオ、スマホどころか電気がなく、照明にランプを使っている。とにかく家に文明の利器と呼べるものが一つたりともないのだ。

よほど貧乏な家ならわかるが、家は結構大きくて豪華である。これで貧乏だというのは無理がある。よっぽど変わった家庭に生まれたという可能性もあるので、これだけでは断定できないが。

私がここが地球でないと思ったのには、もう一つ理由がある。

見たこともない生物が、家の中で飼われているのだ。

犬のようなのだが、犬ではない。

背中から翼が生えているのだ。それをばたつかせれば、二、三メートルほど宙に浮く事が出来る。

翼がなければ日本原産の愛玩犬、チンのような見た目である。

ちなみに名前は、アーシスというようだ。

いくら何でも翼の生えた飛べる犬というのは、地球にはいなかっただろう。

やはりここは地球ではないという可能性が濃厚であると、結論を出さざるを得ない。

どんな世界かは、まだ具体的には分からない。

しかし、翼のある犬がいるくらいであるから、ファンタジーな世界である可能性も大いにあると思う。やはり私は大変な事に巻き込まれてしまったようだ。

○

それから三年が経過した。

流石に三歳になると、私も歩けるようになったり喋《しゃべ》れるようになる。言葉も完璧に習得した。

そして、現在置かれている状況にもある程度、詳しくなってきた。

まず、私の生まれたこの世界だが、やはり地球とは別の世界のようだ。

サマフォース大陸の、サマフォース帝国という場所に私は生まれたらしい。

そんな大陸と国は、全く聞いた事がない。歴史上にもないはずである。

さらに魔法という、火を起こしたり、水を出したり、とにかく不思議な現象を起こす術がある事を知った。魔法を見たときには、流石にここが異世界であると確信した。

そして、私が生まれたこのローベント家だが、どうも貴族らしい。

戸数約二百、人口約千人ほどのランベルクと呼ばれる、小さな土地を統治している。

私はローベント家の長男として誕生し、どうやら家を継ぐ運命にあるようだ。


正直不安しかない。


所詮、サラリーマンだった私が、人を率いる立場になれるものなのだろうか。

実務は部下に任せて、自分は遊び呆《ほう》けるという事が許されればいいんだけどな。

それと最後にもう一つ分かった事がある。


私には普通の人間にはない、ある能力があるようなのだ。

○

「坊ちゃんおはようございます」

「おはよう」


私は屋敷のすぐ横にある練兵場を訪れていた。

ローベント家の動員可能兵力は百二十ほどで、そのほとんどが農民である。

農民たちは忙しい合間を縫って、こうして練兵場で練習を行っていた。

槍《やり》を突いたり、矢を放ったりと色々な練習をしている。

「坊ちゃんはよくここに来ますのう」

「まだ三歳なのに、将来が末恐ろしいわい」

三歳の子供が武芸に興味を示していると思い、部下たちは好意的に見ていた。

実際は、武芸に興味があるわけではない。

私が興味を抱いていたのは、人だった。


私は、練兵場で槍を突いている男を見つめ、とある能力を使った。

その名も【鑑定】である。

鑑定こそ、私の持つ特殊な力だ。

何かをじっと見つめると、そのものの詳細な情報を得ることが出来る。

鑑定出来るのは、人間だけだ。

別に誰かから、これは鑑定っていう能力だよ、と教えられたわけではない。

名前は自分で付けた。

ものの詳細が分かる能力なので、鑑定と呼ぶのが相応しいと思ったのだ。

男を見つめ続けると、黒い板が私の目の前に現れた。これに今見つめている男の情報が書かれている。この板は私以外の者には見えない。

板にはこう書かれている。

ミレー・クリスタル　21歳♂
・ステータス
　統率　21/35
　武勇　60/62
　知略　22/32
　政治　15/31
　野心　3

・適性
　歩兵　D
　騎兵　D
　弓兵　B
　魔法兵　D
　築城　D
　兵器　D
　水軍　D
　空軍　D
　計略　D

こんな感じで、私の好きな某歴史ゲームを思わせるようなステータスが、表示されるのだ。

統率は軍を率いる能力。
武勇は強いか弱いか。
知略は頭の良さ。
政治は交渉のうまさ、内政のうまさ、調整能力。
野心は裏切りやすさ。
左の数値が現在の能力で、右の数値が限界値だ。
能力値の目安として、

１００以上、化け物
90台、超優秀
80台、優秀
70台、良い
60台、平凡
50台、微妙
40台、悪い
30以下、駄目駄目

こんな感じか。

某歴史ゲーム通りだったら、こんな感じだろう。
一応色んな人を見た結果、ある程度、某歴史ゲーム通りと見ていいと結論は出ている。
次は適性だが。

歩兵は接近戦闘の適性
騎兵は騎乗戦闘の適性
弓兵は弓戦闘の適性
魔法兵は魔法戦闘の適性
築城は城を作る時の適性
兵器は兵器を扱う時、作る時の適性
水軍は船上戦闘の適性
空軍は恐らく空で戦う何かがあるのだろうから、それの適性
計略は戦況を有利にするための戦術を考えられるかどうかの適性

Dが最低でSが最高である。
ちなみにこの鑑定、自分にはできない。手や腹部など肉眼で視認可能な場所を見ても、ステータスは出てこない。鏡などで顔を見ても無理だった。自分の才能を知りたいのに、それが分からないのは正直残念である。

今、訓練をしているミレー君のステータスであるが、武勇は最低限あるが、あとは壊滅状態だ。

まあ、雑兵のステータスなど普通はこの程度だ。

ほかの者も、武勇は最低限あるが、他は壊滅的といったものばかりである。中には武勇すら駄目な者もいる。

ミレーに関して気になることがある。

彼は弓兵適性が高い。つまり弓を使うのが上手いはずなのだ。

しかしながら現状槍の練習をしている。

この前から練習を見ていたのだが、ずっと槍の練習をしていて、弓の練習をする気配がないのだ。

ミレーは弓を使う気は無いのだろうか？　尋ねてみよう。

「ミレーよ」

「え？　な、何ですか坊ちゃん。てか俺の名前知ってたの？」

私に話しかけられて、ミレーは狼狽《うろた》える。

「なぜお前は弓を使わないのだ？」

「弓ですか？　だってあんな武器ダセーですぜ。敵の届かんとこから射ってさ。男がやるような行為じゃあねえっす」

割とどうでもいい理由だった。

これなら使わせてやったほうがいい。

適性がBあれば間違いなく、それなりに上手く弓を扱えるだろう。

「一度使ってみろ」

「えぇ？」

「お前には才能があるから一度使ってみろ」

「いや、坊ちゃんの頼みでも……」

とミレーは断ろうとするが、兵士たちが「坊ちゃんの頼みだぞ。断るんじゃねー」的な視線を一斉に浴びせたので、

「はぁー、分かったやりますよ」

ため息をついてそう答えた。

兵士たちは別に私の鑑定を知っているという訳ではない。単純に領主の息子の機嫌を取ろうとしているのだろう。

「俺、弓なんて使ったことねーのにな……」

そんな事をぶつぶつ言いながら、弓と矢を持つ。そして、的に向かって弓を構えた。

「ミレー、初めてならもうちょっと近くから射る方がいいぞ。その位置では絶対に的まで届かん」

と弓が達者な兵がアドバイスをするが、

「その位置で射て」

と私が命令したので、近づかずそのまま射ることになった。ミレーは弦を目一杯引いて、そして

手を離し矢を放った。

矢は真っ直ぐ飛んでいき、的の真ん中を綺麗《きれい》に射貫いた。


その様子を見て私以外のものは、目を見開いた。

「な……初めてであんなに完璧に……」

「ま、まぐれだ、きっとまぐれだ。おいミレー！　もう一回やってみろ！」

年上の兵士に促され、ミレーはもう一度矢を放った。今回も矢は真っ直ぐ綺麗に飛んでいき、的に命中した。二度目でまぐれはまず無い。

兵士たちは再び驚愕《きょうがく》した。射ったミレー本人ですら、驚いて開いた口が塞がらないというようすだ。

「お前弓使いなった方がいいぞ」

「そうだ才能あるって！」

「ぶっちゃけお前槍、下手くそだったし」

とミレーは兵士たちに勧められ、

「ま、まあ、弓もそんなに悪くないかもな。戦いに卑怯《ひきょう》もクソもないからな、はっはっは」

びっくりするほどあっさりと、手のひらを返した。男が使う武器じゃないとまで言っていたのに、単純すぎるやつだ。

「しかし、坊ちゃん。何でミレーに弓の才があると分かったのですか？」

兵士の男が尋ねてきた。

自分も知りたいという風に、その場にいた者たちが、私に視線を向けてくる。

能力が数値化して見えるという話を、果たして信じてもらえるだろうか。

分からなかったので、私は、

「勘」

と答えた。

○

翌日、私は家族と一緒に朝食を食べていた。

私の正面の席では、この世界での父、レイヴン・ローベントが食事を取っている。

レイヴンは背丈が非常に高く、顔がゴツくて、目つきも鋭くて、正直少し怖い。

この男は、農民の出であるが持ち前の武勇で貴族に成り上がったという経歴を持つ。

その武力は凄まじく、兵士たち十人を一人で軽くあしらえるくらいである。

ちなみにステータスと適性は、

レイヴン・ローベント　30歳♂
・ステータス
統率　86/86
武勇　94/95
知略　44/56
政治　23/31
野心　67

・適性
歩兵　A
騎兵　S
弓兵　B
魔法兵　D
築城　D
兵器　D
水軍　D
空軍　D
計略　D

こんな感じである。

優秀な統率力と武勇を持っており、大勢の兵を率いる将としての器がある男である。

反面、政治力が低く、おそらくそれが原因で、これだけの能力を持ちながら、少領の領主に甘んじているのだろう。

食事が終わった後、

「アルス。お前、昨日ミレーの弓の才を見抜いたそうであるな」

と質問をしてきた。

「はい、そうです」

「何でも勘で見抜いたとか。案外その勘は馬鹿にならぬかもしれん。磨いておくのだぞ。人の才を見抜く力は、領主として非常に重要な事の一つなのだからな」

三歳児にするかというアドバイスをしてきた。

まあ、私もこれまで何度か三歳児らしからぬ行動を取ってきたので、仕方ないか。

レイヴンの子は現時点では私一人しかいないため、もしかしたら子供の成長速度を私基準で考えている可能性もある。

「肝に銘じておきます」

私はレイヴンのアドバイスにそう返答した。

○

それから数ヵ月が過ぎた。私は四歳になる。

その期間中、私は自分の置かれている状況について、さらに詳しく知ることになった。

はっきり言っておこう。正直私の将来は全く明るくない。

私というか、私の住んでいるサマフォース帝国の将来が明るくないと言った方が正しいか。

近い将来この国は、乱世に突入する可能性が高い。

サマフォース大陸全土を支配しているこの国は、外敵が存在しない。長い海峡を渡らないと攻めることが出来ないため、ほかの国との戦争は起こりにくい状況にある。

つまり起こるのは内乱である。

現在、サマフォース帝国の実権を握っている連中が非常に腐敗しているらしい。

そのせいで、各地で農民の反乱が起きている。

父レイヴンもこの前、反乱を鎮めに行くために、出陣していた。

反乱が次々に起きて、サマフォース帝国の皇帝の力がドンドンと落ちていき、各地の貴族たちが、徐々に自治を強めていっているらしい。

帝国中で小競り合いが起きているが、今のサマフォース帝国にはそれを止める力がもはやない。

国は荒れたい放題で、戦が各地で年中起こっているというのが、今の帝国の状況だ。

まさに乱世といった感じだ。

このままいけば帝国は倒れ、群雄が割拠し、小競り合いでなくやがて大きな戦が起きるようなそんな予感がする。

そんな時代に、貴族家の長男として生まれてきてしまった私の先行きは、非常に不安である。

要は何度も戦に出なければならないということなのだ。

当主として自領の兵を率いながら。

平和な時代なら、のんびり内政しながら暮らしていればよかったのかもしれないが、今の現状だとそんな事言ってられない。

前世の私は平和な日本に生まれて育った、戦など全く知らない人間である。

そんな私が戦など出来るのだろうか。

この厳しい時代を生き延びることが出来るのだろうか。不安でしかない。

死にたくはない。


前世では三十五歳という若さで、突然死してしまった。

まだやり残したことだってたくさんあったのだ。

二度目の人生でも、早死にするのは絶対に嫌である。今回の人生は孫たちに囲まれて、老衰で逝きたい。

死なないようにするには、どうすればいいか。

私は一生懸命考える。

そして、

――――人の才を見抜く力は、領主として非常に重要な事の一つなのだからな。

父の言葉が頭に浮かんできた。

そうか、人材だ。

優秀で色々な人材を配下にして、この領地の力を強くしよう。

そうすれば私も死ぬ可能性が下がるだろう。この国が乱世に突入するというのなら、一番重要なのは力に他ならないのだから。

私の鑑定をフル活用して、優秀な人材を集めまくろう。

そう決めて、屋敷を出て、人の集まる村の方に赴いた。

ローベント家が治めているランベルク領のランベルク村には、領内人口の約八割が住んでいる。

ランベルク村は、ローベント家が住んでいる屋敷のすぐ近くにある。歩いて五分くらいの距離だ。

私は一人で村に向かった。

この辺は割と安全なため、一人で出歩いても特に危険ではないのだ。

それでも一人で出歩くなとは、言いつけられている。だが、護衛を引き連れて村に行くと、変に目立って、人材探しどころじゃなくなってしまう。領主の息子と分からぬよう、顔を隠すフードを被って私は村に向かっていた。


八分歩いて村に到着。四歳児の体なので、普通より長くかかった。

ランベルク村は、平凡な村である。農業や畜産業、狩りなどをして村の人たちは暮らしている。

村の雰囲気はのどかで、食糧事情も悪くないためか、村人の健康状態は全体的に良さそうである。

村といっても人口は全部で八百人ほどいるため、全員を見て回るのは困難だ。

とりあえず若い奴らだけを見ていくか。

私は近くで力仕事をしている若者を鑑定で見た。

うーん、あまりいい数値ではない。

というかこの者は、練兵場に来ていたはずだな。冷静に考えれば、若い男はいざという時は、兵として動けるため練兵場に来ていたはずだ。

つまりこの村の若い男の多くは、一度鑑定したことがあるだろう。

女を見てみるか。

女は戦に向かないと思われており、出世をすることはこの世界ではほぼほぼない。まあ、昔の日本と同じ感じである。

実際、女性で武勇が高い者は中々見かけない。

だが知略や統率力、政治力は男とあまり変わらないから、家臣にするのが相応しくないというわけではない。

私は女性も見てみる。だが微妙な数値ばかりだった。

子供も見てみたが、優秀なステータスを持つものはいない。

そう甘い話でもなかったか。

いくら鑑定出来るからと言って、優れた人材などなかなか見つかるものではないようだ。

何人も見てきて目が疲れてしまった。鑑定を使うと若干、目を消耗するのだ。

今日はそろそろやめておくか。そう思って帰ろうとすると、

「出て行きな！　あんたなんかに売るもんはないよ！」


怒鳴り声が聞こえてきた。

気になって声の聞こえた方を見てみると、青年が店から叩《たた》き出されて路上に膝をついていた。

褐色肌で顔立ちも、この辺の人とは違う。私たちの人種が白人に似ているとしたら、あの者は肌の色が濃い日本人といった感じの風貌だ。確かあの人種は……。

「マルカ人じゃないか」

「汚らわしい、なんでこんなところにいるんだ」

「放浪してここに来たんだろう」

村人たちの会話を耳にして思い出す。マルカ人とは、サマフォース大陸から、海を越えた先の国に住んでいる人種である。

特徴はこの青年とほぼ同じ。

サマフォース帝国には、ほぼいない人種であるが、稀《まれ》に存在する。

そのほとんどが大昔奴隷として連れてこられた者の子孫で、サマフォース帝国の人々はマルカ人を差別している。

正直、差別を見るのはあまり気分が良くないが、下手に助けると私の評判を落としかねない。

まあでも、一応鑑定しておこう。

私は軽い気持ちで青年を鑑定した。

リーツ・ミューセス　14歳♂
・ステータス
　統率 87/99
　武勇 70/90
　知略 72/99
　政治 78/100
　野心 21

・適性
　歩兵 A
　騎兵 S
　弓兵 A
　魔法兵 C
　築城 S
　兵器 A
　水軍 D
　空軍 C
　計略 S

その鑑定結果を見て私は我が目を疑った。

の……の……。

「信長だ‼」

まさに非の打ち所のない、圧倒的なステータス。日本人では誰でも知っている英傑の一人、織田信長に匹敵するくらいの能力値（あくまで某歴史ゲーム上での能力値）だった。

まだ若いので、育ちきっていないが、将来は恐ろしいことになっているだろう。

あんな捨てられた野良猫のような青年が、まさか信長だったとは。

世の中分からないものである。

名前はリーツ・ミューセス君か。

彼をこんなところで野良猫のままにしておくわけにはいかない。

絶対に部下にしなくては。

人種的に間違いなく、変な目で見られるだろうが、彼を部下にできるメリットを考えれば、そんなものどうでもいい。

私はリーツを部下にするため、彼のそばに駆け寄り、

「困っているようだな」

そう声をかけた。

最初は睨《にら》みつけてきたが、私が子供であると分かると、表情を緩めた。

「僕みたいなのに話しかけると、大人たちに怒られてしまうよ。僕のことはいいから、早くどこかに行きなさい」

彼は立ち上がりながらそう言った。どうやら私の事を気遣っているらしい。

近づいて顔をよく見てみると、非常に整った顔立ちをしている。日本にいたらアイドルにでもなれたんじゃないかというくらいだ。

髪は短く黒い。背は大柄で１７０後半はありそうだ。十四歳という年齢を考えると、１８０半ば

くらいまでは伸びそうである。

まあ、リーツの外見がなんであろうと関係はない。私は能力を見て部下にすると決めたのだからな。

「リスクは承知で話しかけた。私の家臣になってくれ」

私は直球で告げた。

「え、えーと、ごっこ遊びかい？　う、うーん、遊んであげたいのは山々だけど、僕も今は余裕がないしなぁ」

リーツは苦笑いを浮かべる。

子供の戯言だと思っているらしい。

まだ自分が領主の息子だと伝えてないので、当然そうなるか。

「そうではない。私はアルス・ローベント。この村を統治している領主の息子である。お前に類い稀なる才能を感じたので、私の家臣になってほしい」

その私の言葉を聞いた時、リーツの表情が一変する。

「領主の息子……？　君が？」

疑いの眼差しで私を見てくる。

無理もないだろう。今の私は領主の息子とバレないよう、みすぼらしい格好をしている。

彼はこの村の人間ではないだろうから、私の顔を見てもピンと来ないだろうしな。

「とにかく困っているなら、私と共に来い」

「いや、しかし……」

リーツは迷う。こんな子供に頼っていいのだろうか悩んでいるのだろう。

すると、グーという音がリーツの腹の辺りからなった。

「腹が減っていたのか」

「そ、そうだけど」

「食料ならいっぱいある。くれば食べさせてやるぞ」

「……え、えーと」

私の言葉に、リーツは心を大きく揺さぶられているようだ。

そして結局、

「あの、行かせてください……」

と少し顔を赤らめてお願いしてきた。

○

「そういえば、名乗ってなかったね。僕はリーツ・ミューセスというんだけど、君はアルス・ローベントだっけ？」

「ああ、そうだ」

屋敷に向かう道中、リーツが自己紹介をしてきた。

この機会に彼のことについて、色々聞いておこう。

「リーツはなぜあの村にいたんだ？」

「色々あってね。僕は傭兵団《ようへいだん》にいたんだけど、戦争で傭兵団のメンバーが大勢死んじゃってね。上で指揮を執っていた幹部たちがほとんど死んじゃったから、もうどうしようもなくなり、傭兵団は解散。僕は行くあてもなく各地を彷徨《さまよ》っていたら、ここに行き着いたんだ」

相当苦労してきているようだな。

しかし、実力があるのだろうから、ほかの傭兵団や用心棒として生きていくことは出来ないのだろうか？

私は尋ねてみた。

「無理だよ。僕みたいに名声がないマルカ人の子供を雇うところはどこにもない。信用ができないからね。前の傭兵団は親の代から所属していたんだ」

リーツは苦笑いをしながら説明をした。

確かに信用のおけないものが、用心棒をしたり、傭兵団に入ったりするのは難しいだろうな。

普通ならば、その辺で見かけた少年をいきなり家来にしようなんておかしな話であるしな。

鑑定で信長並みの能力値であると分からなければ、そんな無謀は普通やらないだろう。

話をしながら歩いていたら、屋敷に到着した。

リーツは私の家を見て、口をあんぐりとさせて、

「こ、ここが君の家なのか？」

「そうだ。領主の息子だと言っただろう」

「ほ……本当だったのか……い、いや、えーとすいません。何か領主様のご子息に気軽く口を利いてしまって」

「構わん」

「あれ？　でもちょっと待ってください。あなたが領主のご子息だということは、最初に家来にすると言ったのは、冗談などでもごっこ遊びでもなく……」

「無論、本気だ」

「え、えぇー⁉」

リーツは驚愕する。

あまりのことにどういう顔をすればいいか分からないと言った感じだ。

最初にリーツに飯を食べさせて、そのあと、父上に家臣にするよう頼み込もう。

「アルス様！　また外に行っていたのですか⁉　困りますよ全く！　何かあったら私が殺されるのですからね！」

ちょうど執事が駆け寄ってきた。クランツという五十代手前ほどの執事である。

大昔からローベント家に仕えており、私の身の回りの世話をしてくれている。

「説教は後にしてくれ、それよりも食料を用意しろ」

「お腹がお空きになられているのですか？」

「いや、私が食べるのではなく、この者が食べる」

私は後ろに立っていたリーツを指し示した。

「え？　そ、その者はマルカ人ではないですか！　そのような下等な者を屋敷の中に入れるなど、何を考えておられるのです！」

クランツは顔を真っ赤にして、私を叱った。

リーツが差別されていることは不愉快ではあるが、これはしょうがないことだ。

マルカ人差別は根が深い。少なくとも私の知っている者たちは皆、マルカ人は下等な人種であると思っていた。

常識として根付いているので、そう簡単に変えることは不可能であるのだ。多少説得しても変わることはないだろう。

「とにかく早く食料を持ってくるんだ。彼は空腹で死にそうなんだ」

死にそうかは知らないが、緊急性をアピールするため、そう言った。

「……分かりました。マルカ人といえど死ぬのは可哀想ですからね。しかし食べさせたらすぐに追い出すのですよ！」

と言いながら、クランツは食料を取りに行った。

しかし思ったより嫌われているようだな。

これで家臣になど出来るのだろうか？

いや、絶対にしてみせる。

リーツは必ず、私にとって必要不可欠な人材になるはず。

これから何度も私を救う活躍をしてくれるだろう。ここで逃してなるものか。

クランツが、パンと水を持ってきた。

「あ、ありがとうございます！」

味のない、硬いパンだったがそれでも美味しそうに、リーツは食べた。

「さあ、では追い出して下さい！」

「それは出来ん。私は彼を家臣にするつもりで連れてきたのだからな」

「な、何を、何をおっしゃっているのです！　そのようなこと！」

「とにかく父上に話をしてくる」

私はリーツの手を取り、クランツを無視して、強引に父のいる部屋に向かった。

「父上！　彼を家臣にしてください！」

私は父の部屋に押しかけて、そう言った。父は書状を書いている途中だったようだ。

突然の乱入者にも気を乱さず、字を書き続けている。

そして書き終わったあと、私たちの方に視線を向けた。

「彼とは、そのマルカ人の事を言っておるのか？」

私は頷《うなず》いた。

「ならん。マルカ人を家臣にするなど、聞いたことのない愚行だ。さっさと追い出せ」

父はそう言ってため息をついた。忙しい時に戯言を抜かすなと言った表情である。

やはり厳しいか。

しかし、ここで折れるわけにはいかん。

「彼、リーツ・ミューセスには、高い才能があり、この者を家来にしないのは、大きな損失となります」

「……いいかアルス、マルカ人は我々サマフォース人と比べて、圧倒的に劣っているのだ。才能などあるわけがない」

これがサマフォースに住む者の、マルカ人に対する一般的な認識であった。

全てにおいて、明確に劣っている種族であると、マルカ人は認知されていた。

比べた事がないから正確には分からないが、リーツみたいな才気あふれるものがいる以上、実際にそれだけの差があるとは考えにくいだろう。

「マルカ人、全体がどうかは分かりませんが、このリーツは間違いなく天に選ばれし才気を持っております。お疑いになるのならば一度、能力を試すテストをしてみてはいかがでしょうか？」

「………………」

私の話を聞き、父は少し考える。

「……なぜそれに才気があると分かる」

「分かるものは分かるのです」

「確かにお前は、ミレーの弓の才を見抜いたが」

「はい、あの時のように私にある直感が、彼に類い稀なる才能があると告げているのです」

父は真っ直ぐに私の目を見てくる。

威圧感を感じる鋭い目つきだったが、私は動じずに見つめ返した。

そのあと、リーツの目も見た。

厳しい人生を送ってきたからだろうか、彼も父の目つきに押されはしていないようだ。

「そこまで言うのなら、テストをし、才能ありと分かれば、雑兵として雇うくらいはしてもいいだろう」

よし、許可を貰《もら》った。

雑兵だとしても問題ない。

父は何だかんだ言って実力主義者である。

必ずリーツなら戦功を立てるだろうから、最終的には出世するはず。

仮にしなくても、私が家を継いだ時に出世させれば大丈夫だろう。

「テストは単純なものである。この私と模擬戦を行い勝利すれば合格としてやろう」

私はテストの内容を告げられ、動揺する。

父の現在の武勇値は94で、リーツは70である。

限界値の数値はリーツは90あるので、育ちきったらまだ勝ち目はあるが、現在は難しいだろう。

「あの、父上。彼はまだ十四歳と若いです。父上ほどのお方と戦って勝つことは、いくらなんでも非常に困難かと」

「才能があるんだろ？」

「ありますけど……父も武においてはまさに天賦の才をお持ちのお方です。リーツが成長しきった時はいい勝負が出来るかもしれませぬが、今は難しいかと存じます」

「本気では戦わぬ。ハンデを付けてやる」

どのくらいのハンデになるかは分からないが、それならまだ勝ち目はあるかもしれない。

これ以上譲歩は取れないだろうから、飲むしかないだろう。

私はそれで良いと頷いた。

「それでは戦う場所は練兵場だ」

父は立ち上がり練兵場に向かって歩き出した。

私とリーツも後に続く。

歩いている途中、

「あの、アルス……様、なぜ僕などを家臣にしようと思われたのですか？　同情ですか？」

リーツが不安げな表情で尋ねて来た。

「理由なら先ほどはっきりと父上に申し上げたはずだ。聞いていなかったのか？」

「僕に才能があるという話ですか？　しかし、そんなもの僕には……」

「戦うのは得意なのだろう？」

「え、ええ。戦闘の腕に関しては結構褒められていましたけど、僕にはそれ以外何もありませんし」

「お前には戦闘の腕だけでなく、兵を率いる能力、知恵、政治を取り仕切る能力、全てが備わっている」

「いや、僕にそんなものがあるとは……」

「今まで活かす機会がなかっただけだ。ローベント家に仕えて存分にその力を発揮してくれ」

「は、はぁー……」

リーツは少し釈然としない表情になる。

不満なのだろうか。

そういえば私は、彼から家臣になりたいかどうか聞かずに、連れてきていたな。

家臣にしたいという思いが先行しすぎて、当たり前のことを聞くのを忘れてしまっていた。これはいかん。

「ローベント家の家臣になるのが嫌なのか？　なら今すぐにでも、やめるよう父上に言うが」

「あ、いや、家臣になるという話は嬉《うれ》しいし、これ以上ない良い話だと思うのですが……何だかそんなうまい話があるのかと思って。どこに行っても、マルカ人ってことで迫害されてきましたから」

「別に騙《だま》しているわけではない。それにまだ家臣になると決まったわけではない。父上の課すテストは厳しいものになるだろう。まあ、お前なら合格できると信じているがな」

私からそう言われて、リーツは少し気を引き締めたようだ。

とにかく家臣になりたくないというわけではなかったので、それは良かった。

しばらく歩き、私たちは練兵場に到着した。

練兵場に行くと、練習をしていた兵士たちが、一斉に表情を引き締め始めた。

父は練兵場で稽古をつけることがあるのだが、それが非常に厳しいものであった。

そのため、父が練兵場に来ると緊張感が走るのであった。

「今日は稽古をつけにきたわけではない。今からこやつのテストを行う」

父の稽古をしないという宣言に、場の緊張感が緩む。

そして、兵たちの視線はリーツに注がれた。

兵たちの視線は父に集まっていたため、父の言葉を聞き、始めてリーツの存在に気づいたみたいだ。

「テストって、そのマルカ人をですかい？」

「ああ、アルスの話だと、このマルカ人には、大きな才能があるらしい。まあ、仮に本当なら雑兵として雇うくらいはしてやってもよいと思ってな」

父の言葉を聞き、兵士たちはざわめき始める。

「マルカ人に才能？」「ないだろそんなこと」「坊ちゃんも変わったことを言うなぁ～」

リーツの才能を信じるものは、誰もいないようだ。

まあ、実力で分からせてやればいいだけの話である。

「木剣を持て」

「はい」

リーツと父は木剣を手に取り、向かい合う。

「ハンデとして、三分間の模擬戦で、一太刀でも浴びせることが出来たら、貴様の勝ちとしてやろう。貴様は降参するまで、どれだけ攻撃を食らっても負けではない。グラッツ、砂時計を持ってこい」

「はっ！」

兵士の一人グラッツが機敏に動き、練兵場の倉庫から、三分で落ちきる砂時計を持ってきた。

中途半端な実力のものは、実際父に一太刀浴びせるのも至難の業《わざ》である。

実際、ここにいる兵士たちで、一対一の戦いで父に一太刀浴びせられるものはいない。

だが、リーツくらい武勇があり、さらに歩兵適性Aを持っているのなら、そのくらいは出来そうである。

「そういえば貴様の口から名を聞いていなかったな。模擬戦をするのだ、名乗れ」

「リーツ・ミューセスです」

「私はローベント家当主、レイヴン・ローベントである。貴様の力、見せてもらおう」

その後、グラッツが砂時計を逆さにして、模擬戦が始まった。

最初に動いたのは父だった。

巨体を豪快に、それでいて素早く動かし、上段に構えた木剣を振り下ろす。

あそこまでの威力だと、頭に当たれば気絶は免れない。下手したら死ぬ可能性もある。

常人ならその圧に腰を抜かして、その場で尻餅をついてしまうところだが、それなりに修羅場をくぐってきたからなのか、リーツは冷静に後ろに下がって剣を回避。

リーツはすかさず攻撃に転じるが、あれだけ力を込めて斬り込んだのにもかかわらず、父はすぐに体勢を立て直してリーツの剣を回避する。

流石にそれにはリーツも目を見開いて驚いた。

父は筋肉バカではなく、技術も超一流であった。

今度は父が攻撃する側に回る。驚いたリーツであったが、動揺はしておらず、父の攻撃を受け止めた。それからとてつもない速さで、斬り合いが始まる。

最初は馬鹿にしていた兵士たちも、攻防を見て黙りこくった。

ここにいる兵士は誰も、父とまともに一対一で勝負することは出来ない。

父は、殺したり大怪我をさせたりしないよう、割と手加減をして相手をしているのだが、それでもすぐに木剣を落とされて、負けることがほとんどだ。一太刀浴びせるどころの話ではなく、まともに勝負が成立することすらない。

ここにいるのは、それなりの訓練を積んだ兵士だが、それでも父の相手にはならないのだ。

今回の父は、相手がどうなろうと構わないという感じで、本気で戦っている。

リーツはそれに一歩も引いていない。

父の強さを知っているものなら、その様子を見て口をつぐむしかなかった。

しかし、流石に徐々にリーツは押され始める。

最初は攻撃を出来たが、徐々に防戦一方になってきた。

砂時計の砂が半分ほど落ちたが、まだどちらも攻撃を当ててはいない。リーツもだが、父もリーツに一太刀も入れることが出来ていない。

よく考えれば、実戦で敵から攻撃を食らうということは、当たりどころによれば死ぬことになる。

実戦経験が豊富であろうこの二人は、敵から攻撃を食らうことなど、ほとんどないかもしれん。

そうなると、今回のハンデは実質ハンデになってるか、怪しいではないか。

ちょっとまずいなと思い始める。これは負けるかもしれん。

流石に負けて不合格になった後、説得するのは難しい。

今回の戦いで、父もリーツの才能は認めただろうが、それでも一度決めたことは遵守する人だ。

決して雇うことはないだろう。

何とかまぐれでもいいから、一太刀浴びせてくれと、祈るような気持ちで模擬戦を見守る。

砂はほとんど落ちきり、残り時間はわずか。

流石の父も、少し体力が切れてきたのか、動きが鈍り始めてくる。

それを待っていたというように、リーツは残りの全体力、気力を搾り出すようにして父に攻撃をした。

これが最後のチャンスであると思った、覚悟の攻撃だろう。リーツが狙ったのは足元だった。

父は予想を外され、防御が間に合わず、スネの辺りに攻撃を食らった。

兵士たちは何が起こったのか理解できないという、啞然《あぜん》とした表情で戦いの結末を見ていた。

スネに攻撃を食らっても父は痛がりもせず、立っている。弁慶の泣きどころというが、父の泣きどころではなかったようだ。

しかし、今のでリーツは父に一太刀浴びせることに成功し、模擬戦に勝利した。それどころか、実戦としても今のはリーツの勝利だった。何度かやれば負けるほうが多くなるかもしれないが、今回はリーツが勝利した。

「……お前の勝ちだ。約束通り雑兵として雇ってやろう」

父は若干悔しそうに、そう告げた。

リーツが勝利する様子を見て、私はほっと胸を撫《な》で下ろした。

これでとりあえずリーツは雑兵として、ローベント家に仕えることになった。

「す、凄いなあいつ」「勝ちやがった」「マルカ人なのに……」

兵士たちの中でリーツを家来にするということに、反対するものはいなかった。

父に意見を挟む勇気のあるものなど、いないということもあるが、強いものが入るのは彼らにとっても歓迎すべきことなので、反対したりはしないのだろう。一人でも心強い仲間がいれば、自分が死ぬ確率が低くなるからな。

父は木剣を置いた後、私の下へと向かってきた。

「お前の言う通り、リーツには確かな剣の才能を感じた。将来は超一流の剣士になるだろう」

直接対戦して、リーツの才能の高さを見抜いたのか、父はそう言った。

あくまで武の才はリーツの持っている才能の一つに過ぎず、本当は将軍、政治家としての才能の方が大きいんだけどな。

「アルス、お前は前にミレーの弓の才を見抜いておったな。そして今回もリーツの才を見抜いた。お前には何か特別な力があるかもしれんな」

私に鑑定が備わっていることを、父は察しているようだった。

「前にも言ったが、人材を見抜く力は領主にとっては非常に重要な能力だ。だが、見抜くだけでは墓穴を掘る可能性も高い。扱う力がないとダメだ」

相変わらず四歳児にする話ではない。

しかし、扱う力……か。もっともな話だ。どれだけ才能のあるものを集めても、扱う力がなくては宝の持ち腐れである。

それどころか、有能な部下に裏切られ命を取られる危険性だってある。

肝に銘じておかなければならないな。

「仮にお前の人材を見抜く力が本物で、さらに扱う力を身につけたら、この戦乱の世の中、大物に成り上がるかもしれんな。大貴族いや……」

父は一呼吸を置き、

「皇帝にまで成り上がるかもしれんな」

そう言い放った。

皇帝。

すなわち、このサマフォース大陸の戦乱を鎮め、時代の覇者となる存在になれると、父は言ったのだろう。

そんな大それた存在になれるとは思わないし、なるつもりもない。色々面倒なことが多そうだからな。

とにかく死なないように立ち回れればいい。

「はっはっは、冗談だ。こんな少領から、皇帝になどなれるものか。何、お前が生きてこのローベント家を次の世代に繋《つな》げさえ出来れば、言うことはない」

父も冗談で言っていたみたいだ。私の頭を撫でながら笑った。そして練兵場を去り、自分の部屋へと戻っていった。

父が去った後、練兵場の兵士たちはリーツを取り囲み、自分とも模擬戦をして欲しいと頼み込んでいた。

どれだけ強いのか体感してみたいのだろうか。

だがリーツは父との激しい打ち合いで、手が震えて木剣を握れない状態になっていた。

そのため、兵士たちとの模擬戦は後日に持ち越すことになった。

○

さて、リーツが家来になったはいいが、どこに住むかが決まっていない。

兵士たちは村に家があるので、そこに住んでいる。村の空き家を探すか、この屋敷の中に住まわすか。父に尋ねたところ、使用人部屋に空きがあるので、そこに住まわせるよう言われた。

私も村にいては差別されて、あまり気持ちよくないだろうと思ったので、屋敷に住まわせることには賛成だった。その代わり、戦うだけでなく、使用人としての仕事もやることになった。

「あの、本当に家来になっていいんですかね、僕なんかが」

「またその話か、家来になると決まってから三十回は同じセリフを言っているぞ」

私はリーツに屋敷の中の案内をしていた。案内は使用人がやると言っていたが、色々話して彼と仲良くなりたかったので、自分がやると言った。

「いや、だって信じられなくてですね。貴族様の家来になるなんてのが」

「この家は弱小領地の領主に過ぎないし、お前もあくまで雑兵として雇われているだけだ。そんな夢のような話ではないぞ」

「い、いや、でも僕なんか本当にどこに言っても相手にされなかったので、十分夢みたいな話ですよ」

リーツは遠い目をする。過去の苦労を思い出しているのだろうか。

彼はそのあと、膝をつき私に向かって首を垂れて、

「アルス様。あなたがいなければ、僕は野垂れ死んでいたことでしょう。本当にありがとうございました」

お礼を言ってきた。

「別に礼を言う必要はない。私はお前の力に期待をして、家臣にしたのだからな。今後の働きに大いに期待しているぞ」

「はい、これから一生をかけてアルス様から頂いた恩を返すとここに誓います」

リーツは力強く、誓った。

私はその誓いの言葉を信じることにした。

彼はこれから先、私を裏切ることなく何度も何度も苦境から救ってくれるだろう。リーツの誓いを聞いて、そんな未来を予感した。

閑話　リーツのその後

僕、リーツ・ミューセスがローベント家に仕官するという、奇跡のような出来事が起きてから一週間ほど経過する。

マルカ人である僕は、どこに行っても白い目で見られた。所属していた傭兵団《ようへいだん》がなくなったあとは、思い出したくもないほど、酷い目にあってきた。

ローベント家での生活は、白い目で見られることはあるけれど、衣食住は整っているというだけで天国のような暮らしだ。

僕がこの生活を送れるようになったのも、全て家臣にしてくださったアルス様のおかげ。

この恩は一生かけてでも返そうと、心に誓って今日もローベント家での仕事を始めた。

「リーツ。私は今日、人材を探しに村まで赴く。護衛として付いてきてくれ」

アルス様からそう頼まれた。

僕を家臣にしてくれたアルス様は、現在年齢は四歳で、見た目は子供らしく小さくて目が大きくて非常に愛らしい。

しかし、言葉遣いは異様にしっかりしている上、態度も堂々としている。見た目は子供なのだが、中身は大人のようなのだ。子供とはまるで思えない。どう育てばアルス様みたいになるのか、疑問である。

「分かりました。お供させていただきます」

僕にアルス様の頼みを断るという選択肢はない。一緒に村に向かうことになった。


少し歩いて村に到着した。

この村の人たちは相変わらず、僕のことを白い目で見ているようだが、アルス様と一緒にいるということで、何か言ってくるものはいない。

この視線にはもう慣れたもので、僕は気にせずアルス様についていった。

アルス様は道のわきで止まり、通りの人々をその目で注意深く観察している。

「あの、人材を探すと仰っていましたが……見ているだけでいいのですか？」

仕官希望者をまず探して、テストでもするものだと僕は思っていたので、見るだけというのはどういうことなのか不思議に思った。

「私は見ることで、他人の才を測ることが出来る」

「ええ？」

見るだけ？　そんなことがあるのだろうか。

だが現に僕の剣の腕は見抜かれている。あの時僕は剣を使うどころか、持ってすらいなかったのに見抜かれたのだ。

しかし本当にそんな能力を持っているとしたら、アルス様は将来大出世を遂げるかもしれない。

生まれで人の生き方が大方決まるこの世界で、埋もれている才能はいくらでもありそうだし。

「お、あの男は知略限界値が70あるぞ。男は全員見たが見逃していたようだな」

アルス様が通りの若者を見てそう言った。

「どういうことですか？」

「簡単に説明すると、あの男はそこそこ頭がいい可能性があるということだ。話しかけてみよう」

頭の良さなどは、見ただけで分かるようなものでは決してない。

アルス様は言われた通り男に話しかけた。

会話を聞いていると、確かに理解力の高さを感じる。普通よりも賢そうだと僕は思った。

家臣に勧誘すると、あっさりと断られた。誰かに仕える気はないらしい。

「まあ、こういう事もあるか。次を探そう」

とアルス様は特にショックを受ける様子もなく、次々に人材を探しに行った。

何度か声をかけたが、アルス様の見立てが外れることはなかった。

これはもしかしたら本当に凄い人に仕えることになったのではないかと、その時思った。

二章

リーツを家臣にしてから数ヵ月経過した。

リーツは戦で戦功を残す事に成功する。さらに、頭の良さでも注目をされ始める。

何度かリーツと一緒に戦った父は、彼の頭の良さを見抜いた。

試しに、本を読ませてみたところ、たちまち中身を理解した。これにはさすがに父も舌を巻いたようだ。

それから高度な教育を受けたりなどして、実質的には雑兵と呼ぶのは相応しくない立場になっていく。教育を受けたことでリーツの知略は大幅に伸びて、現在は89になっている。もう少しで90台に突入である。

そして今のリーツは、戦には出ず、とある役職を父から与えられている。

「さてアルス様、今日もお勉強をしましょうか」

その役職とは私の教育係だ。

現時点で、ローベント家中の中でトップクラスの知識を、リーツは身につけていた。

勉強を始めてから数ヵ月と考えれば、驚異的な進歩だ。

長男である私の教育には、中々力を入れており、文武に優れた後継者にしようと、リーツを教育係にあてがったようだ。

私はこの数ヵ月間、人材発掘作業に明け暮れており、この世界の知識を身につけるのを疎かにしていた。そのため、リーツから教わるということは、望むところであった。
リーツは本を持ち、私と向かい合う。
「今日は、サマフォース帝国の現状についてお話ししましょう」
そう言いながらリーツは本を開いて、私に見せてきた。
サマフォース帝国がある、サマフォース大陸の地図が描いてあった。割と大雑把な地図だ。この世界の地図作製技術はそこまで高くはないらしい。
「えーと、このサマフォース大陸には、元々七つの国があり、それを統一してサマフォース帝国ができたとは、前に教えましたね」
「ああ」
サマフォース大陸は、元々七つの国に分かれていた。
大陸北東にあった、ローファイル王国
大陸北西にあった、キャンシープ王国
大陸中央東側にあった、アンセル王国
大陸中央西側にあった、シューツ王国
大陸中央にあった、パラダイル王国
大陸南西にあった、サイツ王国

大陸南東にあった、ミーシアン王国

この七つだ。

サマフォース大陸と、別の大陸の海峡がある、アンセル王国が、サマフォース大陸外の国と貿易を行い、力を蓄えて、ほかの王国を侵略していく。

すべての国を侵略した後、アンセル王のアナザス・バイドラスは皇帝を称するようになり、国名もサマフォース帝国と改めた。

ちなみにこれらの国名は今でも、地方名として残っている。

例えばローファイル王国はローファイル州と、キャンシープ王国はキャンシープ州と呼ばれるようになっている。

それぞれの州を統治するものを総督と呼ぶ。

皇帝の血族だったり、早期にアンセル王国に降伏して、処刑を免れた国王の末裔《まつえい》が総督になっている。

我々の住むランベルク領はミーシアン州にある。

ミーシアンは四季があり、平地が多いため食糧が多く取れ、人口も多い、いい土地である。

「サマフォース帝国が設立してから、今年で二百三年目となりますね。現状のサマフォース帝国はもはや瀕死《ひんし》の状態です。

各州の総督たちが帝国の命令に従わないようになり、徐々に独立し始めております。ただそれでもバイドラス皇帝家の影響力は低くはなく、皇帝家の所有する領地も決して狭くはないので、有能な人物が指揮を取れば巻き返すことはできるかもしれません」

「バイドラス家の当主は有能な人物なのか？」

「現当主バイドラス十二世は、八歳の子どもです。実権は家臣が握っているようです。詳しくは知りませんが、誰か一人が実権をもっているというわけではなく、様々な派閥がしのぎを削っているという状態らしいので、上手く行っているとは僕には思えませんね」

こんな緊急下でも揉《も》めてしまっているのか。

それはもう皇帝家はダメっぽいな。

「まあ、内輪で争っているのは、何もバイドラス家だけではありません。我々のいるミーシアン州でも、近々後継者争いの戦乱が起こる可能性があります」

「どういうことだ？」

「現ミーシアン州総督のアマドル・サレマキア様はご高齢であられるので、病気などの話は聞きませんが、十年以内にお亡くなりになられる可能性が高いです。

アマドル様には、ご子息が二人いらっしゃいます。普通なら長男が継ぐべきなのですが、弟のほうが優秀で、どちらに家を継がせるか悩んでおられるらしいのです。

決める前に亡くなってしまった場合、高確率で戦争になります。仮に決めてお亡くなりになられても、戦争が起こる確率は低くありません。

兄弟はどちらも自分が家を継ぎたいと思っておられるようなので」

後継者争いか。

下手をすれば大きな戦になりかねないな。

小さな戦は何度か起こっているようだが、大きな戦となると、私が生まれてから一度も起こっていない。

仮に本当に後継者争いの戦が起きた場合、負ける方についてしまうと、領地を失ってしまう可能性がある。

逆に勝った方について、さらに戦で活躍できれば、領地が加増されるだろう。

戦が起こる頃は、父も生きているだろうから、どちらに味方をするか決めるのは父だ。

どうするつもりなのだろうか？

「父はどちらにつくつもりなのだ？」

「レイヴン様は、兄が継ぐのが筋であると思われているみたいですが、どちらに付くかを決めるのはレイヴン様ではありません」

そう言われればそうだな。

というのも、父はミーシアン総督の直属の家臣ではない。

それぞれの州は、約二十の『郡《ぐん》』というものに分かれている。

郡を治めるものを郡長という。このランベルク領は、カナレ郡にあり、父はそのカナレ郡長の下に付いている。

このランベルク領を、日本の住所みたいにいうと、サマファース帝国ミーシアン州カナレ郡ランベルクとなる。

要はカナレ郡長が、どちらにつくのかを決めるので、父に決定権はないということになるのだ。

まあ、意見を言える立場にはあるので、父の意見を参考にカナレ郡長がどちらにつくかを決める可能性もあるがな。

「リーツはどちらに付くのがいいと思う？」

「ぼ、僕ですか？　うーん、僕は兄弟のどちらにもお会いしたことがないので、なんとも言えないです……」

リーツは知略と政治が高いので、分かるかと思ったが、流石に判断する材料が少なすぎたか。

こういうどちらにつくか決める時も、私の鑑定は有効に働きそうだな。

兄弟のどちらが優秀か、それと兄弟のどちらに優秀な人材が多く味方しているのか、それらを鑑定で測れば、勝つ確率が高そうな方を見抜くことが出来るはずだ。

そして、父と意見が違えば何とか説得し、さらに父にカナレ郡長を説得させれば、勝ち馬に乗れるだろう。

「ローベント家のような少領地持ちは、この期をチャンスだと思うべきですね。戦で活躍をして、郡長にまで出世できれば、大躍進と言えるでしょう。そのためには、これから力をつけるべきでしょうね」

リーツはそこで話を締めくくった。

それから少し勉強を続けて、終わった後、

「さて、今日もいつも通り人材を探しに行くか。力を付けるなら、やはり必要なのは優秀な人材である」

私はそう提案した。

「分かりました。お伴します」

最近はリーツも護衛を兼ねて、私と共に人材探しに付いてくるようになった。

村の人材は大方見終えたし、最近は近くの町で探すようになっている。村には何人かそこそこ使えそうな人材がいたので、家臣にしたのだが、リーツ級の人材は流石に見つかっていない。

町に行くには、危険が付きまとうので護衛が必要なのだが、リーツがいるなら非常に安心だ。

「それでは行くか」

「はい」

私はリーツと共に町に向かうことにした。

「アルス、今日も町に行くのか」

屋敷を出た瞬間、父に話しかけられた。

剣の素振りをした後らしく、顔から汗を垂れ流している。

「はい、優秀な人材を探して参ります」

「そうか。実はお前に魔法に長けたものを、探してきて欲しいと思っておったのだ」

「魔法ですか？」

「ああ、これからの戦は魔法こそ重要となる。魔法は才能がないものでは、使いものにならないからな。私も魔法はまともに使うことができん。家臣にも魔法が使えるものが何人かいるが、まだ足りんから、才能あるものがいたら連れてきてもらいたい」

魔法か。

私はあまり魔法については詳しくはない。

父に言われて、一度使ったことはある。変な機材に、赤い液体を入れて短い呪文を唱えたら発動した。小さい火の玉が発生して、的に向かって飛んで行った。

しかしあの時、「お前に魔法は向いていないみたいだな」と父に言われて、それからは二度と使わせて貰《もら》えていない。

魔法が発動した時は結構感動したので、もう一度使ってみたいのだがな。

私には魔法を使う才能が無かったということなのか。一度使っただけで分かるのなら、わざわざ私に頼まなくても良さそうであるが。

よっぽど才能を感じない魔法を使ったのだろう。

「分かりました。魔法に長けた人材を探して参ります」

「頼んだぞ」

私は父の頼みを快く受け入れ、リーツと共に町へと出発した。

○

町への道中は馬を使う。

私は乗れないので、リーツに抱え込まれるような形で二人乗りしている。

リーツは流石に騎兵適性S。

父を唸《うな》らせるほど、馬の扱いは上手であった。

馬を使うと、約二時間ほどで町にたどり着く。

二日ほどは町に滞在するつもりだ。

「リーツ、私は魔法について詳しくないので、教えてくれないか？」

道中の時間を使い、私はリーツに魔法について教えてもらおうと思った。

「魔法ですか。基本的なことはご存知ですか？」

「ああ、一度使ったことはあるからな。変な機材に赤い液体を入れて、呪文を唱えたら発動した」

「はい。その変な機材を触媒機、赤い液体を魔力水と呼びます。触媒機に魔力水を入れて呪文を唱えると、魔法が発生するのです。その際、入れた魔力水は消費されます」

触媒機と魔力水というのか。記憶しておこう。

「元々魔法はやたら呪文が長くて、威力も弱く戦では使えないものと思われていたので、余興に使われるものでした。しかし、触媒機の開発により、呪文が短縮され威力も上がり、戦で用いられるようになりました。約十年くらい前から、サマフォース帝国内で爆発的に普及し出してきたみたいですね」

「そんな最近なのか」

「ええ、僕が傭兵団《ようへいだん》にいた時も、古参の兵士は、最近とんでもないものが開発されて、困ると嘆いていましたよ」

もっと前から戦で使われていたものではないんだな。意外だった。

「燃料にする魔力水というものは、よく取れるものなのか？」

「魔力水は、魔力石と呼ばれる石を溶かして作るものです。魔力石自体はそこまで珍しいものではないですが、需要の増加により価格は高騰しているようで、魔法部隊の運用には多額の金がかかります」

「金か……ローベント家はそれほど、収入が多くないからな」

少領で、特産品も特にないため、収入は毎年少ない。何とかやりくりしているのが現状である。

「部隊を組まなくても、有能な魔法兵が一人いればだいぶ変わりますからね。一人くらいは雇えるはずです。今回、見つけてきましょう」

「そうだな」

それからしばらく馬に揺られ、町に到着した。

私が今回訪れた町はカナレという。

カナレ郡の主要な町である。立派な城壁で囲まれている、城郭都市だ。城郭外にも結構家が立っている。これは長い間平和だったため、防御する必要がなかったからこうなっているのだろう。

当然城郭が作られたのは、サマフォース統一前の時代ということで、かなり古く、老朽化が進んでいるようだ。

この町の中央にカナレ郡長家、パイレス家が住む、カナレ城が立っている。

私は城郭外の町を歩く。

城郭内には、現在では身分の高いものでしか入れない。

まあ、私は領主の息子なので入れるが、今回の人材探しで城郭内に用はない。

城郭外の町は結構賑《にぎ》わっている。人も大勢いる。

全人口が約５万人だからな。

これら全員を見るのは、かなり目を消耗しそうだ。だが全員を見る必要はない。貧しそうな格好をした者だけを見ていけばいい。

この町の人材は、仮に優秀だからと言って、雇えない可能性が高い。

ランベルクまで来るように誘うのだが、わざわざ町から村に来たくないと考えるものが多いだろう。報酬もそんなに高くは出せないし。

よほど、金に困っているものくらいしか、雇うことができない。

最初から村に住んでいるものなら、基本的には快く引き受けてくれるのだが。

とにかく裕福そうな者は、来てくれない可能性が高いので、貧しいものだけを見ていけばいい。

「さて、探すぞ」

かった。

そこそこ優秀な者は何人か見つけたが、今回は魔法兵適性が高いものが目的なので、声はかけな

そう簡単には見つからない。

私は馬の上から、路上にいる貧しそうな人々を虱潰《しらみつぶ》しに見ていった。

「はい」

リーツくらい優秀なら別だが、最高が60後半程度のものなら、雇う必要はないだろう。

目が疲れ、ついでに腹も減ってきたので一度休憩をする。

一旦馬から降りて、市場で何か買って食事をすることにした。

私が市場にたどり着くと、

「あれは……」

札を首から下げられた人間が、檻の中に入っている。

「奴隷商人ですね……」

地球でもかつてあった奴隷制が、この世界では実在している。

しかし、そうか奴隷か。

他人を買うというのに抵抗はあるが、奴隷にもいい人材がいるかもしれない。

わざわざ、家臣にする交渉をする必要もないし、楽ではある。

問題は値段だ。

一応、前金として払うための金を所持しているが、それで買えるだろうか。

とりあえず見てみるか。

「飯を食べる前に、奴隷を見てみよう」

「奴隷を買うのですか?」

「いい人材がいるかもしれない」

「はー、いますかね……」

リーツは気がすすまないようだったが、反対はしなかった。

私は檻《おり》に入っている奴隷たちを一人一人調べていく。

そうそういい人材などいるはずもなく、駄目かと諦めかけたその時、

シャーロット・レイス　11歳♀
・ステータス
　統率 65/92
　武勇 93/116
　知略 34/45
　政治 31/40
　野心 1

・適性
　歩兵 D
　騎兵 D
　弓兵 D
　魔法兵 S
　築城 D
　兵器 D
　水軍 D
　空軍 D
　計略 D

この驚くべきステータスを目の当たりにした。

統率92、武勇116、そして魔法適性S……。

これは凄まじい数値だ。ほかのステータスは大したことないが、とにかくこの統率と武勇の値は凄まじいの一言だ。成長途中の現在でも、武勇値が父とほぼ互角である。

戦闘能力は武勇の数値と適性のランクで決定する。

武勇が高くても、適性がDであればあまり強くはない。彼女も魔法兵以外はDなので、魔法以外を使った戦闘はあまり強くはないと推測される。

しかし、魔法に関してだけは圧倒的な戦闘能力を持っているだろう。

見た目は長い青髪の少女で、顔はまるで作り物のように整っている。成長したら相当な美人になるだろう。まあ、容姿はどうでもいい。

この子は買うしかない。

連れて帰って魔法兵にしよう。

「このシャーロットという子は、いくらだ？」

私は奴隷商人に尋ねた。

「え？　ああ、シャーロットね。銀貨五枚だよ。欲しいのかい？」

銀貨五枚。

大人が一年生きていくのに、金貨十枚（銀貨十枚で金貨一枚）必要であると考えると、そんなとてつもなく高いというわけではない。

周りの奴隷の金額を見てみると、平均的に女より男が高い。労働力として、使い勝手がいいからだろう。この少女は若くて、顔が綺麗《きれい》なため、ほかの女奴隷よりかは若干高めに設定されている。

現在所持している金は、金貨五枚。

買うことは十分可能であった。

「あ、あのアルス様。まさかその女の子をお買いになるつもりなのですか？」

「そうだ。彼女にはとてつもない魔法の才能がある」

「え、えーと、アルス様の人を見る目を疑うわけではないのですが、女の子ですからね……戦わせるわけにはいかないというか……レイヴン様は許してくれないと思いますよ」

この世界には女性は戦いに参加するものではないという考えがある。基本的に戦いは男がするものという考えは、地球でも色んな地域で根付いていた考え方だ。

彼女を兵隊にすると言った場合、差別されているマルカ人のリーツを家臣として推薦するより、変な目で見られることだろう。

下手をしたら狂ったかと、思われるかもしれない。

まあ、最初はどう思われようと、彼女に魔法を使わせれば、それで全て黙らせることができるだろう。

「とにかくこの子には、魔法を使う才能が間違いなくある。女だからという理由でそれを活かさないのは、愚の骨頂だ」

私の強い意志に、リーツも諦めたようで口を噤《つぐ》んだ。私は奴隷商人に金貨を一枚支払い、お釣りに銀貨五枚を貰う。

「毎度あり」

奴隷商人はそう言って、檻からシャーロットを出した。そして、彼女の首にはめられている首輪に繋《つな》がった鎖と、首輪の鍵を手渡してきた。

これから戦い、恐らく大戦果を上げていくであろう彼女に、首輪というのは相応しくないな。

私は彼女の首輪を解こうとする。

「おいおい坊主、そいつは大人しいが、一応首輪はしておいたほうがいいぞ」

「問題ない」

私はお構いなしに、シャーロットにかけられた首輪を外す。

彼女は逃げずにその場に立ち尽くす。

私は初めてシャーロットの声を聞いた。

「なぜ首輪を？」

「私は、お前を奴隷にするためでなく、家臣にするために買った。首輪は相応しくないだろう」

「？？？」

何を言っているかよくわかっていないようだ。

「とりあえず腹が減った。飯を食べながら詳しい話をするとしようか」

私たちは市場で食料を買い、食事を取ることにした。

「私はアルス・ローベントだ」

「僕はリーツ・ミューセスだ。よろしく」

食事をしたあと、私とリーツはシャーロットに自己紹介をした。

彼女はあまり腹が減っていなかったらしく、食事は一緒にしなかった。

「シャーロット・レイス、よろしく」

彼女も挨拶を返してきた。

平坦《へいたん》で抑揚のない声である。

「先ほども言ったが、私は君を家臣にするために、奴隷商人から買い上げた」

自分がランベルク領主の息子であるということを、シャーロットに説明した。

「出来ればこのまま、家臣となって欲しいのだが、どうだ？」

「領主の息子だとは分かった。別にほかに行く宛もないし家臣になるのも構わない。でも、わたしは女。家臣にする理由が分からない。もしかして、男と思っていた？　確かに胸はないけど、間違いなくわたしは女だよ。証拠を見せてあげようか？」

証拠とは何をするつもりだと思っていたら、ズボンを脱ごうとし始めた。

「待て待て、お前が女だとは承知している！」

慌てて私は止める。

「……そう。まあ、そうだよね。わたしほどの美少女を男と間違えるなどあり得ないこと」

自分で美少女っていうのか……間違ってはいないが。

リーツが小声で、

「こ、この子、ちょっと変じゃないですか？　大丈夫なんでしょうか？」

と心配して尋ねてきた。

「才能さえあれば、多少変人でも構わん」

私はそう言ったが、少し不安を感じていた。

「何で女のわたしを家臣にするの？」

「お前に魔法の才能があるからだ」

「魔法？　使ったこともないんだけど、わたしに才能なんてあるの？」

シャーロットは首を傾げる。

嘘《うそ》をついているようではなさそうだ。

おかしいな。武勇値が現時点でも高いから、使用経験があると思ったのだが。いくら限界値が高いからといって、未経験でここまで武勇が高くなるものなのだろうか？

自分の能力を疑うわけではないが、念のため、一回、魔法を使わせてみたい。

魔法の使用機材は一応リーツに持って来させている。

「リーツ、彼女に一度試しに魔法を使わせてみよう」

「分かりました。町中で使うわけにいきませんので、外に出ましょうか」

「そうだな」

私は、リーツ、シャーロットと共に、町の外にある平原に向かった。

「さて、魔法を使ってもらおうか」

私たちは平原に到着し、周囲に人がいないことを確認して、シャーロットに魔法を使うための道具を持たせた。

魔力水と触媒機である。

魔力水は革で作られた水筒に入っている。

触媒機は、野球ボールくらいの大きさの球体に、読めない謎の文字が、大量に書かれているという見た目だ。

鎖が付いており、首にかけて使用する。

リーツは、まず触媒機の中に、魔力水を入れる。

触媒機には蓋が付いており、リーツはそれを取った。そして水筒に入っている魔力水を中に注ぎ込む。ドロドロの液体が、触媒機の中に流れ込んで行く。入れる量は僅かだ。

一度魔法を使用すれば、中にある魔力水は全部なくなってしまう。そのため連射することは不可能である。

「これを首にかけてくれ」

魔力水を注ぎ込んだ触媒機を、リーツはシャーロットに渡した。

彼女は受け取り、言われた通り首にかける。

「かけたけど、どうやって使うの？」

「首にかけた状態で、呪文を唱えると使用可能なんだ。注いだ魔力水は、炎の魔力水だから、炎属性の魔法が使えるね」

「ん？　魔力水というのには、色々種類があるのか？」

私は赤い魔力水しか見たことがない。別の種類があるのだろうか？

「ええ、ありますよ。青色とか、緑色とか色々あります」

「色が違うとどうなるんだ？」

「魔法には属性というものがありまして、魔力水の色によって、使用可能な属性が決まるのです。赤い魔力水は、炎属性の魔法を使うことができるので、炎の魔力水と呼ばれております。青色は水属性の魔法が使えるので、水の魔法水、緑は風属性の魔法が使えるので、風の魔法水と呼ばれていますね」

「属性はどれくらいあるんだ？」

「いっぱいありますよ。先ほど三属性のほかに、雷属性、闇属性、光属性、氷属性、音属性、毒属性、影属性、呪属性、治癒属性、力属性などなどです」

想像以上にあるな。

言った数でも多いと思うくらいなのに、ほかにもまだあるのか。影属性と闇属性とか、違いがあるのかと思ってしまう。

分かれているということは、違いがあるんだろうけどな。

「ミーシアン州では、炎の魔力石がよく採掘されているので、出回っているのは炎の魔力水が中心となっております。炎の魔力水の次にミーシアン州で、出回っているのは音の魔力水ですかね」

音……音って何に使うのだろう？

戦場だと合図を出すときに、使ったりするのだろうか。

それとも、鼓膜を破るほどの轟音《ごうおん》を出すとか。

それだと自分たちも被害を受けるから駄目か。

「呪文は教えてくれないの？」

説明に夢中になっていたため、シャーロットを少し放置してしまっていた。

「あ、ごめん、今から教えるから」

リーツは慌てて、呪文を教える。

「今回使うのは、ファイアバレットの魔法だね。『火弾よ、敵を焼き尽くせ』ってのが呪文だ」

これは私も使った魔法だ。

炎の弾が一直線に飛んでいって、何かに当たったら爆発する。

爆発の規模は小規模である。

あくまで私の放った、ファイアバレットの爆発規模が小さかっただけで、才能のあるものが放てば、もっと大きな爆発が起こる可能性もある。

「魔法を使う際は、手の平を前に出さないと駄目だよ。そうしないと発動しないようになっているからね」

「右？　左？」

「利き腕の方を使うと、狙いを定めやすいよ」

「じゃあ左」

シャーロットは左利きだったみたいだ。

平原には木がポツンポツンと生えており、それの一本を狙って、ファイアバレットを撃てとリーツは言った。

シャーロットは一番近くに生えていた木に、左手の平を向ける。

「炎弾よ、敵を焼き尽くせ」

呪文を唱えた。

すると、触媒機が一瞬、光を放つ。それとほぼ同時に、シャーロットの手のひらから炎弾がとびだした。

物凄い速度で飛んでいき、木に命中。

凄まじい音が周囲に鳴り響き、大爆発が発生した。

木は跡形もなく消滅した。

爆発があった場所には、大きなクレーターが残されていた。

私とリーツはその様子を唖然《あぜん》とした表情で見る。

以前、私が使った時の爆発の威力は、精々爆竹が爆発したくらいだった。使い手が違うだけで、こんなに変わるものかと、衝撃を受けていた。

「……これって、結構凄いの？」

「す、凄いどころの話じゃない……戦場で魔法兵を何度も見たことがあるけどファイアバレットが、こんな爆発する場面初めて見た……君、本当に初めて使ったのかい？」

シャーロットはコクリと頷《うなず》いた。

「間違いありません。彼女は魔法の天才です」

リーツに言われなくても、一度魔法を見ればわかった。

「しかしアルス様の人材を見抜く能力、本当に凄いです。感服いたしました」

リーツは尊敬の眼差しを向けながらそう言った。

シャーロットが適性通り、凄まじい魔法の使い手であると分かった。

あそこまでの威力を目の当たりにすれば、父も認めるしかないだろう。

彼女が家臣になれるという確信を得た。

二日ほど滞在する予定だったが、早めに人材が見つかったので、私たちは屋敷への帰路についていた。

馬に三人乗りをする。私は幼児体型だし、シャーロットも発育がそれほど良くない方なので、三人乗りは可能だった。

しかし、三人乗せた状態だと、馬も全力で走ることは不可能なので、移動速度はあまり速くない。

「わたしにあんな才能があったとは……天は二物を与えないというけど、わたしには与えられてたんだ」

突然シャーロットがそんなことを呟《つぶや》いていた。

「二物とは、もう一物は何なのだ？」

「顔」

「……なるほど」

この子は自分の顔に対する自己評価が、異常に高いみたいだ。

間違ってはいないので、何もいうことは出来ないがな。

シャーロットは少し摑《つか》み所のない性格で、どんな人間かまだまだ分かっていない。

父から言われたが、見抜くだけでなく、人材をきちんと扱う必要がある。

そのために、家臣にする者の性格は、きちんと把握しておかなければならない。

私は、シャーロットがどんな経緯で奴隷になったのかを尋ねることに決めた。

「なぜシャーロットは、奴隷になっていたのだ？」

「……それには、聞くも涙語るも涙の事情がある」

奴隷になったくらいだから、壮絶な過去がありそうではある。もしかしたら語りたがらず、口を噤むかとも思ったが、語り始めた。

「わたしは、両親の顔を知らない、スラム街で育ったの」

いきなり重い過去が出てきた。

そこで、酷い目にあって、売られたとかそんな感じなのだろうか。

「わたしは、スラム街で日常的に酷い目にあってきた……というわけではなく、街の悪ガキどもを束ねるリーダーだったの」

全然違った。

リーダーだったのかよ。まあ、子供の頃は男女の体格差があまりないし、彼女は統率も高いからリーダーになっても不思議ではない。

「そのスラム街の領主は悪いやつで、税をめっちゃとってて、贅沢三昧《ぜいたくざんまい》で、ムカつくやつだった。

食料がなくなってきて、腹が減って餓死しそうだったから、領主の屋敷に入って食料を盗もうとしたら見つかって、捕まった。普通なら処刑されてたけど、顔が良かったので高めに売れるということで、奴隷として売られた」

割と自業自得といえば自業自得な理由だった。

領主が本当に悪徳で、盗みに入らなければ死ぬという状況に追い込まれていたのなら、盗みに入ったのも仕方ないことかもしれない。

「どう？　泣いた？」

「いや、泣けはしない……お前も語るも涙とか言ってた割に、泣いてないだろ」

「そういえばそうだね」

指摘を受けても、あっけらかんとしている。

話をしてみたが、やはり掴み所はない。どういう経緯で、奴隷になったかは分かったが、性格は掴みきれなかった。

その後、数時間馬に揺られ続けて、私たちは屋敷へ辿《たど》りついた。

○

屋敷に到着したのは、夕方だった。

私は急いで、父の下に行き、シャーロットを家臣にするよう頼み込んだ。

「ならん」

予想通りの答えが返ってきた。

「どういうつもりだ。女を魔法兵になど。女は男が守るものであり、戦いに出すものではない」

「父上はそうおっしゃると思っていましたが、彼女の魔法の才は群を抜いておりますので、連れてきたのです」

父は険しい目つきで、私を見てくる。

「レイヴン様、アルス様の申している事は本当でございます。彼女シャーロット・レイスには、一騎当千の魔法の力がございます」

リーツは私を擁護する。

私たちの表情が必死なものだったので、

「分かった。一度その実力を見せてみろ。お主らのいう通り、とてつもない才能を持っているのなら、魔法兵として家臣にしてやろう」

父も遂に折れた。

その後、場所を改めてテストを開始する。

練兵場でシャーロットの魔法を使うのは、非常に危険である。そのため、別の大きくスペースが空いている場所を探す。

元々畑だったが、今は使われておらず、雑草が生い茂っている一帯があったので、そこに木箱を的代わりに置いた。

どこからか、シャーロットのテストをするという噂《うわさ》が広まったらしく、兵士たちが見物に来ていた。

「女を魔法兵に？」「どうも坊ちゃんの推挙らしい」「今度ばかりは流石にどうなんだろうな」「女って魔法使えるのか？」「顔がいいから、自分の将来の嫁にしたいのかな」「馬鹿をいうなよ、坊ちゃんはまだ四歳だぞ」

色々勝手なことを言っている。

一度シャーロットの魔法を見れば黙るだろうから、気にすることはない。

「では始めよ」

父の言葉と共に、シャーロットは魔法を使う準備を始める。セッティング方法が簡単なため、一度見ただけでも出来ている。

そして、左手の平を木箱に向けて、呪文を唱えてファイアバレットを放った。

炎の弾が箱に向かって一直線に飛んでいき、命中。

最初に魔法を使った時より、少し大きな爆発が起きた。

たった一度使っただけで、シャーロットの魔法は成長を遂げていた。本格的に練習を始めたら、どうなるのか末恐ろしい。

見物していた兵たちは、その様子を見て、啞然とした。目を丸くし、頰から汗を垂れ流している。

滅多なことで驚かない父ですら、この様子には開いた口が塞がらないようだ。

しばらく、場を沈黙が支配する。

そして、

「……分かった。彼女を魔法兵として使うことにしよう」

動揺しながら父はそう告げた。

閑話　シャーロットのその後

わたしはシャーロット・レイス。

一週間くらい前、何だかよくわかんないけど、貴族の家臣になった。

奴隷になってからも奴隷になる前も、その日暮らしてきな生活をしてたので、綺麗《きれい》な場所で毎日ご飯が食べられてラッキーだ。

「シャーロット。この家での生活には慣れてきたか？」

わたしに幸運を運んできた男の子、アルス様が話しかけてきた。わたしは「うん」と頷《うなず》いた。

この子がわたしを家臣にするといって、奴隷商人から買ってくれたから今の生活が出来る。見た目は可愛い男の子なのに、何か大人っぽい喋《しゃべ》り方をする不思議な子だ。

わたしには一つ疑問があった。アルス様は、わたしに魔法の才があると言って家臣にした。結果それは本当だったようで、わたしには普通より魔法を使えるらしい。

最初は持ち上げられているだけとも感じたけど、この家に来てほかの魔法を使う人を何人か見たとき、正直しょぼいというか、わたしの使った魔法の威力には遠く及ばない感じ。

確かにわたしにはアルス様の言う通り、魔法の才があるのだろう。

でもどうしてそれが分かったのだろうか？

魔法なんて一度も使ったことがないのに。

わたしはこの機会に、一度理由を尋ねてみた。

「私には、人の才を見るだけで測る能力がある。お主には一目見た瞬間、魔法の才があると分かったぞ」

「へー」

わたしは感情を表に出すのがあまり得意ではないので、この程度の反応だったけど、内心ではすごく驚いていた。そんな人がいるんだ世の中には。

「魔法以外の才能ってある？」

「シャーロットにか？」

「うん」

アルス様はわたしを注意深く見て、少し悩んだ後、

「うーん。兵を率いる才はあるかもな」

「戦に使える才能以外はない？」

「……それは……少なくとも私の能力では見つけられないな」

「そっか……残念」

ちょっとがっくり。

まあ、魔法を使うのは結構気持ちいいし好きだ。魔法だけでいいか。

「練習してくる」

わたしはそう言って、魔法の練習を行うため練兵場に向かった。

三章

シャーロットが魔法兵として、ローベント家に仕え始めて一年が経過した。

ランベルクがあるカナレ郡は、ミーシアン州の一番西側にあり、サイツ州との州境に位置している。そこで領土問題を抱えており、割と頻繁に小競り合いが起きている。その度に父は、戦に駆り出されていた。

そのため、一年で五回くらい戦に行く必要があった。

シャーロットの戦場での活躍は凄まじく、ローベント家にとってなくてはならない存在になっていた。

彼女の武勇は、一年間で101まで上昇した。さらにいつのまにか、ローベント家に仕えている魔法兵たちのリーダー的存在となっており、統率も73まで上昇していた。

あの掴《つか》みどころのない性格で、どうやって他人を引っ張っているのか、謎である。

そのセンセーショナルな活躍に、他家から引き抜きをかけられたりしたそうだ。全部断っているそうだが。

断った理由は知らないが、私に恩を感じているのだったら嬉《うれ》しい。

リーツは相変わらず、私の教育係を務めていた。

そのため、シャーロットのように戦場で大活躍をして、名を上げるということはできていない。

間違いなく実力はあるので、戦場に出れず歯がゆい思いをしているのではないかと思い聞いてみたが、将来の当主の教育係以上に名誉な仕事はないので不満はないと言った。嘘《うそ》である可能性もあるが、私の勘では本心で言っていると思った。

そして最近、めでたい出来事があった。

私に、双子の弟と妹が出来た。

生まれたのは今より二週間ほど前と最近である。私の今の年齢は六歳なので、歳はそれなりに離れている。まあ、前世の記憶が残っているので、精神年齢はもっと離れているのだが。

名前は、弟がクライツ、妹がレン。

クライツが兄で、レンが妹である。

私は二人を鑑定して、ステータスを見た。

クライツが、

・ステータス
統率 1/82
武勇 1/89
知略 1/33
政治 1/21
野心 77

・適性
歩兵 S
騎兵 B
弓兵 A
魔法兵 C
築城 D
兵器 D
水軍 D
空軍 D
計略 D

こんな感じで、レンは、

・ステータス
統率 1/22
武勇 1/21
知略 1/91
政治 1/85
野心 33

・適性
歩兵 D
騎兵 D
弓兵 D
魔法兵 D
築城 C
兵器 B
水軍 C
空軍 B
計略 A

こんな感じである。

まだ赤ちゃんなので現在のステータスは、1だがどちらも非常に優れた限界値を持っている。

兄のクライツは、父に似たのか優れた統率力と武勇を持っている反面、知略と政治力は弱い。歩兵適性がSなので、剣や槍《やり》の扱いは非常に長けているだろう。

逆に妹レンは、知略と政治力が高く、統率と武勇は低い。計略適性がAで軍師にもなれる潜在能力を秘めている。

双子で欠点を埋め合わせる感じになるのだろうか。しかし、貴族の家に生まれた女は、他家に嫁ぐために育てられるので、レンの方がローベント家に残り続けるというのは、中々難しいかもしれない。

私が父に、レンは頭がいいので、軍略を学ばせるべきだというのもありかもしれない。

しかし、果たしてそれがレンのためになるのだろうか。そうすると、今度は結婚することが難しくなる。彼女の幸せを考えると、間違っているかもしれない。

どんな子に成長するかで、どうするかは決めればいいか。

それともう一つ気になるのは、クライツの野心の高さだ。77もある。

野心が高い者は裏切り易くなる。少しでも境遇に不満を持たせてしまえば、敵に寝返ったり、反乱を起こす可能性がある。

60を超えたら、高い方だろうか。70台となると、あまり見かけないレベルである。

クライツの性格をきちんと掴んで、コントロールする必要がありそうだ。

○

「今日はここまでにしましょう」

リーツが剣を下ろしてそう言った。

私は練兵場で、リーツに剣を教わっていた。

いざという時に剣くらい扱えないとまずいので、教わることにしていた。

あまり上達速度は速くない。

リーツと父は、六歳なのでそんなものだというが、私には自身の至らなさがよく分かる。

どうも私は、武芸の才は父親から受け継がなかったみたいだ。

まあ、戦場で敵をバッタバッタ叩《たた》き斬るほどの武力を手に入れたいというわけではないので、そこまでの才能は必要ない。そういうのは、才能のあるものに任せればいいのだ。

私は練習でかいた汗を拭きながら開き直った。

「アルス様、お耳に入れたいことがあるのですが」

「何だ？」

「最近、村にキーシャ家という狩人の一家が引っ越して来たらしいのですが、そこには三人兄弟がいるようで、上二人が十二歳と十一歳ながら、背が高く力強いので、将来は凄い男になると、評判になっているようです。一度、見に行ってみてはいかがでしょうか？」

「そうだな……」

だいたいこういう場合は、大したことないというパターンが多い。

それでも、村にいるというのなら、労力もかからないし見に行くくらいはした方が良さそうだな。

「行ってみようではないか」

「かしこまりました」

私はリーツと共に、ランベルク村に出発した。

村に入り、例のキーシャという一家が住む家へと向かった。

最初に村に訪れた時は、領主の息子とバレないようにしていたが、今は身なりを変えずに行っている。

というのも、六回目に村で人材探しをしていた時、バレて騒ぎになったのだが、それからも何度か行っていると、私が村に来るのにも慣れたのか、特に騒ぎが起きなくなっていた。そのため、変装する必要がなくなったのだ。

今は、リーツと一緒に歩いているが、これも今日が初めてというわけではないので、特に村人に群がられたりはしない。

「ここがキーシャ家の家ですよ」

少しボロい家に到着した。この村としても、立派な方に入る家ではない。

私は扉の前に立ち、中に入ろうとする。

すると、扉が勢いよく開かれ、

「う、うわぁ〜〜ん‼」

家の中から、大泣きしながら子供が飛び出して来た。

細い体の中性的な子で、性別はどちらか一見分からない。恐らく男の子だろう。

髪は金色で、ボサボサして、手入れがされていない。

今の私より背は小さく、年下に見える。

その子は私を一瞥《いちべつ》すると、泣き続けながら勢いよくどこかに走り去っていった。鑑定する暇もなかった。キーシャ家の子だろうか。しかし、子供は十二歳と十一歳と、リーツは言っていたような……。

いや、そういえば三兄弟と言っていたか。

強いと噂《うわさ》になっている兄弟には、下にもう一人弟がいたんだな。

三男はあまり強くは見えなかったが、まあ、まだ幼い。これからいくらでも成長できるだろう。

「コラ、ロセル!!　待て!!」

今度は怒鳴り声を上げながら、大柄の男が家から出て来た。

男は私に気づき、

「お前さんは……あ、もしかして領主の息子さんですかい！？」

服装を見て私が領主の息子だと気づいたのか、男は血相を変える。

「いかにも私は領主の息子のアルスだ」

「俺のような家に何のようで来たのですかい……？」

「この家の息子が非常に優秀だと聞いて、一度見ておきたいと思って来たのだ」

「あ、ああ、それはそれは、歓迎します。俺はグレッグ・キーシャといいます。どうぞお入りなさってください」

かなり歓迎しているようだ。

マルカ人のリーツを見てあまりいい顔はしなかったが、明らかにリーツは良い身なりをしているので、家臣であるということが分かったのか、言及はしてこなかった。

ちなみにグレッグのステータスは、武勇が少し高いくらいで、あとは平凡だった。

「ところで先ほど、泣いて出て来た子がいたのだが、あの子はグレッグの息子か」

「あいつはロセルっていうんでさぁ。三男坊ですが、上二人に比べて出来が悪くてですねぇ。体は弱いしすぐ泣くし、どうしようもないってもんでさぁ。さっきだって、五歳にもなって寝ションベンしやがって、叱ってたら泣いて逃げ出したんだ。ありゃあ、どんな大人になるんだか、心配でならねぇ」

「まだ五歳なら、これからどうにでも成長するだろう」

「そうですかねぇ。しかし、さすが領主の息子様だ。ロセルとは比べものにならねーくらいしっかりしていらっしゃる。年齢もあまり変わらないくらいなのになぁ」

しっかりしているのは転生しているからなんだけどな。前世の私も五歳でオネショをしたことぐらいあった気がする。

そのあと、私は長男と次男に引き合わされた。

私を領主の息子だと紹介する。

息子の名は、長男がガトス、次男がマルクス。

確かにどちらとも、背が高く、年齢にしては体もガッチリしていた。

ステータスを見たが、想像していたより良い数値だった。

統率の限界値はどちらも40台で、将の器ではなかったが、武勇の限界値が、ガトスが77、マルクスが75、現在の数値でも、ガトス67、マルクス65といい数値だった。知略と政治はどちらも低い。

適性だが、ガトスの歩兵適性がA。ほかは全部CかD。マルクスは弓兵適性がA。ほかは全部CかDだった。

ガトスは接近戦に、マルクスは弓での遠距離攻撃に優れているといえるだろう。

全然ダメでも驚かなかったのだが、噂も当てになる時があるようだ。

「どうですか?」

「この二人、中々いいぞ。将来兵士になりたいと望むのなら、明日からでも練兵場で訓練させるべきだろう」

　リーツの質問に私は答えた。

「おお、良かったな。お前ら兵士として活躍して、名を上げたいって言ってたからなぁ！」

　グレッグは狩人をやっているらしいが、息子がどちらとも兵士になるのは、むしろ歓迎しているみたいだった。息子二人も私に評価されて、喜んで練兵場で訓練をすると、意気込んでいる。

「早速明日から来るといい」

「「はい!!」」

　気持ちのいい返事を聞いたところで、私は家を出る。

　そこで、先ほど泣きながら家を出ていった三男のロセルが、家に戻ってきており、ちょうど鉢合わせになった。

　兄二人が優秀なら、三男のこの子も優秀なのかもしれない。

　軽い気持ちで、ロセルのステータスを調べてみた。

　私はそのステータスを見て息を呑《の》んだ。

ロセル・キーシャ　５歳♂
・ステータス
統率 35/88
武勇 11/32
知略 45/109
政治 32/95
野心 21

・適性
歩兵 D
騎兵 D
弓兵 C
魔法兵 C
築城 A
兵器 A
水軍 C
空軍 A
計略 S

将来大軍師になりそうな、そんなとてつもない知略を秘めていた。

この知略限界値は、とにかく凄まじいの一言だ。

１０９もあれば、恐らくサマフォース帝国内でも彼を上回る者はそういないだろう。

それ以外にも、政治力、統率力に優れている。低いのは武勇くらいだ。戦闘の才能はないだろう。

現在はまだ五歳なので、全ての能力値が低い状態だが、育てれば必ず優秀な家臣になるだろう。

兄二人でも十分良い人材が見つかったと思っていたのに、ロセルみたいな子がいるとは。

キーシャ家がこの村に引っ越してきたことは、僥倖《ぎょうこう》だったな。

「アルス様、その子が気になるのですか？」

私がロセルをじっと見つめていると、リーツが声をかけてきた。

「ああ、この子は、頭の良さにおいて、類い稀《まれ》なる潜在能力を持っている。育てればいずれ良い軍師になるだろう」

「軍師ですか……アルス様がおっしゃるなら、間違い無いでしょう」

「まだ、潜在能力があるというのに過ぎないので、高度な教育を受けさせてあげたい」

「それならば、アルス様と一緒に、勉強するのがいいでしょう。そこまで頭の良い子なら、僕も教え甲斐《がい》がありますす」

私と一緒に勉強か。

それがいいだろうな。

リーツの教え方は、非常にうまいし、すぐに知略も上がってくれるだろう。

問題は本人と父親から許可を貰《もら》えるかだな。

ロセルはさきほどから、私を見つめながら黙って震えている。目にうっすらと涙を浮かべたりもしている。

どうやら私とリーツに怯《おび》えているようだ。

特に何かしたというわけでないのに、ここまで怯えられる理由は分からない。私もリーツも、そこまで見た目が怖いというわけではない。父を見て泣くというのなら、分からないでもないが。

「あ、ロセル!!」

父親のグレッグがやってきて、ロセルを見て叫ぶ。

「お前、アルス様に挨拶をしたのか!?」

ロセルは首を横に振った。

「挨拶しなきゃダメじゃねーか！　領主の息子様だぞその方は！　全く人見知りな奴だなお前は！」

人見知りするタイプだったのか。

ここまで怯えるというのは、相当ひどい人見知りだな。

まあ、ロセルの場合、政治力も限界値が高い。

人見知りのまま政治をするのは、難しいと思うので、恐らく訓練をすればそのうち直るのだろう。

ちょうどグレッグも来たところだし、ロセルに教育を受けさせるという話をしよう。

「グレッグとロセルよ。話があるのだが、いいか？」

「ん？　まだ話があったんですかい？　というか俺だけじゃなくて、ロセルにも話？」

「このロセルを見るに、彼は将来、軍師になれる才能がある。当然、今は子供なので現時点の能力は低いため、高度な教育を受けさせたい」

「ロ、ロセルが軍師？　この小便タレ小僧が？　じょ、冗談でしょ？」

「寝小便は子供なら誰もすることだ。そう恥ずかしいことではない」

「しかし、こいつは本当に出来が悪くて、まともに人と目を合わせられないし、体はずっと細くて小さくて、全然成長しやがらなぇ。兄二人はそんな事なく、五歳の頃も、ロセルより遥《はる》かにしっかりものだった」

思ったより、グレッグのロセル評は低いようだ。

恐らく体の強さばかりを見て、頭の良さは見ていないのだろう。

現時点でも子供にしては間違いなく賢い方なので、学問を学ばせる家で生まれていたら、神童としてもてはやされていたかもしれないが、狩人の家で学問など学ぶ機会はない。

兄二人が武勇において優秀であるというのも、低評価に拍車をかけているのだろう。

確かに武勇だけ比べてみれば、兄二人よりロセルは遥かに劣っている。総合力では逆にロセルの方が遥かに上であるが。

現時点で、グレッグにロセルの能力を認めさせるのは、難しいと感じた。これは、とにかく頼み込むしかないか。

「ロセルに才能があるというのは、本当のことである。私の下で学問を修めさせれば、必ず良い軍師になること間違いなしである。彼を私の屋敷で学ばせる許可をくれないか？」

「……まあ、アルス様がそうおっしゃるなら、断る理由もありません。ロセルいいな？」

ロセルはグレッグにそう言われて、無言で頷《うなず》いた。

彼自身が決めたというより、親の決定に従ったという感じだ。あまり晴れやかな表情はしていない。出来れば自分の意思で決めて欲しかったが、五歳の子供だと大体親の言うことに従うものであるか。

「ありがとう。では明日から始めたいと思う。明日の朝、ガトスとマルクスは練兵場へ、ロセルは私の住む屋敷へ連れて来てくれ。では以上だ」

「わかりました」

いきなり始めるのもどうかと思ったので、明日からにすることにした。

グレッグの返事を聞いた私は村を出て、屋敷に帰り、ワクワクしながら翌日を待った。

○

翌朝。

「アルス様、ロセルがやってきましたよ」

リーツから報告を受けて、私は急いで屋敷を出て、出迎えに行った。

表に出ると、グレッグに連れられてきたロセルの姿が見えた。

「あ、アルス様、わざわざ出迎えていただいて申し訳ねぇです。お前も頭下げねーか」

グレッグがロセルの頭を掴んで、下げさせた。

「じゃあ、俺は仕事があるんで。ロセル、絶対迷惑かけるんじゃないぞ」

そう言って、グレッグは屋敷を去っていった。

「よく来たなロセル、早速、屋敷に……」

「ひっ……」

私が話しかけながら近づくと、ロセルは怯えながら後ずさる。

そんなに怖いのか。

これは人見知りというより、人間恐怖症の部類に入っていないか？

「ロセル、私はお前に危害を加えるつもりはない。そんなに怖がらないでくれ」

怯えさせないよう、笑みを浮かべながらそう言った。

しかし、ロセルの表情は晴れず、

「う、嘘だ」

そう言った。

彼がまともに言葉を発したのは、これが始めてだ。

「嘘じゃないさ」

「う、嘘に決まってる。だって、お、俺なんかに才能がありっこないし。き、きっと俺を奴隷か何かにするために呼んだんだ。もしくは、俺をいじめて楽しむために呼んだ。そ、そうだ、き、きっとそうに違いない」

せきを切ったようにロセルは早口で喋《しゃべ》り出した。

物凄くネガティブな考えの子だな。

人を簡単に信用したりしないようだ。

まあ、軍師としてはそういう面があった方がいいのかな？　あんまり前向きすぎて、人をすぐ信じるというのも、問題があるだろう。

ただ、ここはあまり警戒をしてもらいたくない。

私はロセルに近づき、両手で肩を摑む。

彼の体は怯えて震えていた。私は、涙で潤んだロセルの水色の瞳を、一直線に見つめた。

「私はお前には才能があると確信しているから、ここに来させた。決して危害を加えるためではない」

「……う」

真剣にそう言ったら、少しだけロセルの震えが収まった気がした。

しかし、そう簡単に信じるわけはなく、数秒後、ロセルは横を向き、視線を外した。

これ以上口で言っても仕方ないだろう。

「では、付いてこい」

私はそう言って、いつもリーツと勉強している勉強部屋へと向かった。

「あの子、大丈夫なのでしょうか？」

向かっている途中、リーツが小声で尋ねてきた。

屋敷に入ってからも、ロセルは不安そうな表情で、キョロキョロと周囲を見回している。

相当警戒している様子だ。

「ワンワン‼」

屋敷で飼ってるペット、鳥犬《とりいぬ》のアーシスが走ってこちらに向かってきた。

「うわっ！　も、猛獣だ！」

ロセルはアーシスを見た瞬間、逃げ出して近くにあった銅像に隠れた。

「怖がりすぎだろ。全然大丈夫だし、猛獣じゃないぞ」

私は大丈夫であるとアピールするため、アーシスの頭を撫《な》でる。するとパタパタと背中の翼をはためかせた。嬉しいとこうするのだ。

「可愛いだろ？」

見た目は翼の生えた愛玩犬の狆《ちん》なので、決して怖くはなく可愛いだけなのだが。

「た、確かにその状態だと可愛いけど、そ、そうだ、変形するんだ。餌が来ると怖い、ケ、ケルベロスに変形するんだろ……？　そ、そうか、俺はそいつの餌にするために呼ばれたんだ。きっとそうに違いない。小さい奴が好物なんだ。絶対そうだ」

またも早口で、ネガティブな考えを口に出す。

これはまたシャーロットとは別ベクトルで、癖のある性格をしているな。

怖がっているので、私は使用人を呼んで、アーシスの散歩に行かせた。

「これで怖くないだろ？」

私はそう言うが、ロセルはまだ警戒しているのか、キョロキョロしている。

無駄に時間をかけて、勉強部屋に到着。

私の勉強部屋にはたくさんの本が置いてある。

「そういえば、ロセルは字が読めるのか？」

この世界の識字率は、日本ほど高くはない。

それ以前に五歳なので、まともに字を読める確率は非常に低い。

「ちょっとしか読めない」

読めないなら、まずは字を読めるようにするところからだな。

リーツも最初は読めなかったが、五日くらい勉強したら、すぐ読めるようになっていた。

私は三週間くらいかけて習得したので、その時は才能の差を思い知らされた。

ロセルは知略の限界値が高いということは、相当地頭はいいはずである。

まだ子供で、吸収が早いということを考えれば、リーツより早く習得してもおかしくはない。

「今日、私は自習しておくから、ロセルに字を教えてやってくれ」

「かしこまりました」

私は自習をして、教えるのはリーツに任せることにした。

ロセルは怯えているのか、リーツの言うことには素直に従っていた。あの様子でちゃんと勉強できるか不安ではあるが。

リーツが何とかしてくれると信じて、私は自分の勉強に集中した。

しかし、教えるのがうまいリーツがいない状況だと、中々捗らない。

戦術の勉強をしているのだが、そもそも実戦を知らない私には、いまいちピンと来ないことが多い。うーん、ほかの事を勉強しよう。戦術は軍師に任せればいいしな。

地理や歴史を中心に勉強してみるか。

と、こんな感じで勉強内容をコロコロと変え、結局何一つまともに身に付かずじまい。所詮、前世の私の学力は中の中、もしくは中の下。

鬼のように集中して勉強するなんて、無理なのである。

時間も結構経過したので、ロセルがどのくらい文字を習得したのか見てみるか。

勉強をやめてロセルとリーツを見てみると、何やら黙々と本を読むロセルの姿が。

リーツは何も言わずにロセルを見ている。

「これはどういう事だ。まさかもう文字を完全に習得したのか？」

この世界の文字は、日本語より英語に近い。

複数の文字種を使うわけではないので、習得難易度は日本語よりは低いのだが、それでもこの速さで習得するのは驚異的である。

「え、ええ信じがたいですが……飲み込みの良さがちょっと尋常じゃないくらい良いですね、この子。字を習得し終わったあと、本に興味を示したから読ませたのですが……」

「本はちゃんと読めているのか？」

「ええ、これ実は一冊目じゃないんですよ。三冊目です」

「馬鹿な。一冊三百ページはあるぞ」

「とにかく読むのが速いんです。それで中身もきちんと理解しています。読んでいるうちは声をかけても全く反応せず、恐ろしいくらい集中しています。読み終わったあと、いくつか中身に関しての質問をするので僕が答えると言う感じです。ロセルが本を読んでいる間、僕は座って待っているしかないんですよ。しかし、天才っているもんなんですね……」

ロセルは、リーツを唸《うな》らせるくらい地頭が良いようだ。

「最初は大丈夫かこの子と思っていましたが、やはりアルス様の人の才を見抜く力に、間違いはないようですね……」

その後、ロセルは本を好きになったのか何冊も続けて読む。

夜が近づいてくると、頭が疲れたのかいきなり電池が切れたかのように眠った。

私は使用人に、ロセルを家へ送り届けるように命令した。

それから、ロセルは毎日私と勉強をするようになる。

二日目三日目は、完全に警戒心が解けたわけでなく怯えていたが、流石に来る回数を重ねるごとに、私たちが危害を加える存在ではないと理解してきたようだ。

二十日目の今では完全に慣れた。リーツの事を先生と呼び、私のことはアルスと呼び捨てにするようになった。

本も大量に読み、私の勉強部屋にある本を、全て読んでしまいそうな勢いである。

この世界では本は結構貴重な物なので、とてつもない量はないのだが、それでも二十日で読み切れる量ではないので、凄まじい速読力である。

知識も並の大人では知らないような事をたくさん身につけている。

ただ、それでも知略の数値は48とそこまで急上昇したわけではない。

恐らく知略というステータスは、単純な記憶力や知識があれば高くなるというものではないのだろう。

得た知識をいかに有意義に扱うかが、重要となる。

まだ五歳で人生経験の浅いロセルは、自分の知識の使い方を知らず、いくら知識を身につけてもそこまで高い知略にはならないのだろう。

ただ、彼の知略限界値を考えれば、これから歳を重ねて人生経験を得ていけば、必ず身につけた知識を有意義に使えるようになり、知略もどんどん上昇していくはずだ。

まあ、とにかく今は色んな知識を身につけさせるのが重要だと思う。

幸い本人も読書に興味を示している。

自発的に身につけようと思った知識は、人から嫌々教わるより、覚えが早くなるだろう。

勉強の方は順調に進んでいるのだが、ロセルには気になる点もあった。

○

「や、やっぱり、俺は駄目な子なんだ……生まれて来なかった方が良かったんだ……」

今日もいつも通りロセルが、勉強をしに屋敷に来たが、自宅で何かあったのか、非常に落ち込んでいるようだ。

本は読まず、体育座りをして、膝と膝の間に顔を埋めている。落ち込んでいると全力で周囲に訴えかけるような体勢である。

ロセルがこうなるのは、初めてのことではない。

家でグレッグに怒られた日は、決まってこうなるのだ。

私は慰めるため話を聞く。

「また怒られたのか？　なんで怒られたんだ」

「…………」

言いづらそうにロセルは黙りこくる。

「寝小便でもしたのか？」

「うぅっ‼」

その通りだったのか、声を漏らした。

「前も言ったが、子供の頃は誰でも寝小便するものだ。気にすることはない」

「……アルスでもするの？」

「………………」

私は黙った。

寝小便というものは、幼い子供は排尿器官が未熟なために起こる現象である。即ち、別に精神性が大人なので防げると言った類のものではない。

私も三歳くらいの時、何度か寝小便をして、その度に、恥ずかしさのあまり死にたくなったものである。

幸い、人より排尿器官の発達が早かったのか、現在寝小便をすることはない。

今はないと正直に答えると、ロセルを傷つけてしまう恐れがある。

嘘をつくべきかどうか悩んで、若干返答に迷い、返答に間が生じる。その間で、ロセルは察したようで、

「ないんだ！　やっぱり俺だけなんだ。クソ！　こんなちんちん切り取ってやる‼」

「ま、待て！　何とんでもないことしようとしている！」

ロセルは護身用なのか分からないがナイフを携帯しており、それを取り出して自分のイチモツを

切り取ろうとする。私はその狂った行動を慌てて止める。

「と、止めるなー。これさえなければ！」

「や、やめんか、切り取っても治るどころか、たぶん逆にひどくなる！　それにかなり痛いんだぞ！」

そう言ったら、ロセルの手がピタリと止まった。

「い、痛いの？」

「当たりまえだ」

「ど、どのくらい？　すねを蹴られるより？」

「そんなもんとは比べ物にならんくらい痛いだろう」

やったことはないので、実際のところは分からないがな。

痛いということに怯えたロセルは、ナイフをしまった。

はあ、とんでもないことをしようとするやつだ。子供の相手はこれだから疲れる。

この子の欠点は、やはりネガティブ過ぎることだな。

軍師になるものなら、前向き思考だけでは良くないだろうが、それでもロセルほどネガティブなのも、良いとは言い難いだろう。何とか少しでも、彼の思考を前向きに出来ないか。

年齢を重ねてもこのままだと、変えることが出来なくなるので、なるべく今のうちにどうにかしたい。

具体的な方法は、あとでリーツと話し合うか。

○

ロセルが帰ったあと、私はリーッとロセルの性格について話し合った。

「そうですね。軍師として良い悪いは置いておいても、ロセルの性格は僕も気になっていました。あれだけの才があるのに、自分は劣っていると思ってしまっているのは、あまり見ていて気持ちの良いものではありませんからね」

ロセルの性格をどうにかしたいと思っているのは、私だけではなかったようだ。

「ロセルのネガティブさの原因は、完全に父親のグレッグのせいです。彼から否定され続けたがため、ネガティブになっているのだと思います」

「私もそれはそう思う。グレッグに褒めさせればいいのだろうか？」

「グレッグに、ロセルを褒めろと命令しても、本当の意味で褒めさせなければ、賢いロセルのことなので、気づいてしまうと思われます。何かグレッグを感心させるようなことを、ロセルにやらせれば良いと思うのですが……」

感心させることか……。

ロセルの頭の良さを見せるには、どうしたらいいだろうか。

狩人であるグレッグに分かりやすく見せるには、やはり頭を使って、獲物を狩ってみせることではないだろうか？

「例えば、ロセルに狩りをするのに、有用な新しい罠《わな》を考えさせて、それを使ってロセルの頭の良さを示すというのは、どうだろうか」

「罠……ですか……難しいかもしれませんね。グレッグが狩人なら、それなりに多くの罠を知っていますし、いくら賢いからとはいえ、新しい罠を考えるというのは、そう簡単なことではありませんよ」

「うーん、そうか」

確かに新しい罠を作るのは、容易ではないだろう。

まだ五歳のロセルには難しい話だったか。

「でも、作らせてみるというのは、悪い話ではありません。知を育むには、本を読むだけでは駄目ですからね。実際に物を考えないと駄目です。獲物を狩るための罠を考えるというのは、そういう意味ではいい練習になるでしょう」

ロセルの知略を上げるための練習にはなるか。

それで予想に反して、凄い罠を作った場合、父親を認めさせることが出来るし、出来なくても練習になるなら、とりあえずやらせてみたほうがいいかもな。

私は明日、ロセルが来たら罠を作らせてみてくれと、リーツに要求した。

○

「ワナ……？」

翌日、勉強をしにやってきたロセルに、リーツが罠作りをするという提案をした。

「そうだ。君も狩人の息子なら、いくつか知っているんじゃないか?」

リーツの質問に、ロセルは首を横に振り、

「知らない。というかワナって何?」

と意外なことを口にした。

「あれ、罠知らないの? 君のお父さんは、弓矢とか直接戦う以外の方法で、狩りはしないのかな?」

「しないよ」

「そうなのかー。意外だね。まあ、僕も狩人の世界にはそこまで詳しいわけじゃないからね」

グレッグが罠を知らないなら、ロセルが作った罠がそれほど複雑じゃないものだとしても、認めてくれる可能性は高くなるな。

「で、ワナって何なの先生」

「罠っていうのは、仕掛けを施して獣を捕まえる方法だよ。有名なのは落とし穴かな。地面に深い穴を掘って、薄い木の板で穴に蓋をし、その上に土や葉などを乗せて、何の変哲もない地面に見せかける。そこを踏んでしまったら、穴に落ちてしまうんだ」

「へー、それ考えた人頭いいね」

頭がいいか。落とし穴など、いつの間にか知っていたので、あまり意識をしたことがなかったな。確かに人類で初めて落とし穴を考えついた人間は、頭が良かったのかもしれない。

「でもよく考えたら、その方法で狩りをするのは良くないと思う。だって、獲物が偶然穴を踏まないと意味がないんだから」

ロセルは呟《つぶや》きながら、自分の眉間の辺りに右の人差し指を当てる。何かを考えるときにする癖である。

「エサを落とし穴がある場所に置けば、罠にかかってくれるだろうね……。

うーん、でも落とし穴って、一回の罠で一匹の動物しか取れないよね……深い穴を掘るのは大変だから、それなら弓で狩ったほうが早いよね……もっと、簡単に作れるようにするか、もしくは一個の罠でいっぱい取れるようにするかしないといけないよね……」

ぶつぶつとロセルは呟き始めた。

次から次に、考えを口にしていく。

「ロセル、考え終わったらどんな罠にするのかを図にして書いてみて。紙と筆記用具は用意しておくから」

「俺絵なんてかけないよ?」

「一応、図にしてもらったほうが分かりやすいからね」

「それもそっか。分かった、考え終わったら書くよ」

ロセルは考える仕草をしたまま、再びブツブツと考えを呟き始めた。

かなり集中している。この状態になると、話しかけても気づいてくれないことが多い。

「ロセルに罠は作れるだろうか?」

「分かりませんが、とにかく集中して一生懸命作ろうとしているのは、確かみたいですね。これなら期待できるかもしれません」

「そうだな」

これ以上できることもないので、頑張るロセルを私は見守っていた。

○

私は何となく、この世界で実際に使用されている罠を調べてみた。

どうやらこのランベルクでは、罠を使って獲物を取るという習慣がないらしい。

ランベルク出身ではないリーツは、猟で罠が使われるものだと思っていたので、別の地域では罠は使われているのだろう。

リーツも、罠を使うことは知っていても、どんな罠かまでは知らないので、結局罠に関して分かったことは少ない。

私も自分なりにどんな罠がいいか考えてみるが、案外これが簡単には思いつかない。

そもそも、私はこの世界でよく狩られている動物の生態に詳しくないのだ。

それで罠を作るのは中々難しい。

ロセルは狩人の息子らしく結構動物の知識があるので、そこは大丈夫ではある。

途中で私は罠を考えることを断念。

でも、ランベルクで罠猟が行われていないということは、ロセルがいい罠を考えついたら、グレッグに認められるどころか、村の食料生産力向上に貢献するということになる。

そうなると一石二鳥だな。

私は少し期待をして、ロセルが罠を考えつくのを待った。

○

数十日経過。

「完成！」

紙に向かい合っていたロセルが、心底嬉しそうに言った。

どうやら罠の作製図が終了したようだ。

「よし、じゃあ、図を見せてごらん」

「うん！」

ロセルは珍しく明るい様子で、罠の図をリーツに見せた。完成して、よほど嬉しいようだ。

リーツはその図をよく見る。

当然、初めて描いた図なので、見ただけでは分からないところも多い。リーツは所々ロセルに解説をさせる。私も一緒に図を見て、解説を聞いた。

ロセルの考えた罠は、こんな感じだ。

まず、狙う獲物は多種多様の動物を狙うのではなく、一つに絞る。今回ロセルが考えた罠の場合は、村の近くの森に、多く生息している『スー』という動物をターゲットにしている。

スーの見た目は小さめの猪《いのしし》という感じだ。肉の味は牛に近い。和牛のような霜降りではなく、脂身の少ないオージービーフのような味だ。

スーには、黄色いものに突進してくるという特性があるが、それを利用した罠だ。

まず広い囲いを用意する。囲いの中に、スーの好物である、リンゴの匂いを染み込ませた布を置いておく。鼻の利くスーは、これで罠の周辺に集まってくる。

囲いには扉を取り付けるが、この扉に工夫を加える。

外側を黄色で塗り、ペットドアのような感じのくぐり戸にして、スーが扉に突進してきたら中に入れるような仕組みにする。

内側からは引かなければ開かない構造にする。そうすると、中に入ったスーは外に出ることが出来なくなるだろう。

罠の説明を聞いて、結構有効な罠だと私は思った。

しかしリーツは、

「少し気になる点があるね。扉の耐久性はどうしようか？　扉を脆《もろ》くすると壊れてしまうし、硬くしすぎると、扉に頭をぶつけたスーが気絶して、入り口を塞いでしまう可能性があるよね」

と気になる点を指摘した。

「スーの頭は硬いから簡単には気絶しない。壊れないように硬いものを扉に使用するべきだよ」

ロセルは、リーツの質問にすぐに答えた。

「なるほど、あと捕らえたスーの処理はどうするんだい？」

「囲いに人間用の扉を作って、捕らえた数が少数なら、普通に入って倒せばいいと思う。スーは臆病だから、黄色い物を着てなければ、滅多に突進して来ないよ。逃げ場をなくしてるのなら、狩るのはそう難しくないと思う。数が多い場合は、外から弓で攻撃するしかないかな。簡単な櫓《やぐら》を一つ設置すればいいと思う」

「ふむ」

リーツは考える。

「一回作ってみますか。まずは囲いを狭くして、二、三匹だけ捕らえられる規模のを作ってみましょう。櫓も作らなければ、そんなにコストはかからないと思うので、レイヴン様に報告する必要もないでしょう。それで結果が出れば、レイヴン様に頼んで、もっと広いのを作ってもらいましょう。いいですかアルス様」

「ああ、そうしよう」

しかし本当にちゃんとした罠を考えてくるとは。五歳の子にしては驚異的である。

確かロセルは、兵器適性がAだったはずだ。

罠は見方によれば、兵器と言えなくもないので、もしかしたらそれも関係あるのかもしれない。

とにかく、ロセルの考えた罠を実際に作製することが決まった。

罠の作製は、数人の使用人に行わせた。

囲いの素材は木である。杭《くい》を打ち込んでいき、その間に木の板をはめるという作りである。

木の板は万が一突進してきても壊れない厚さにしている。

中の様子を見ることができるよう、板には小さな穴が空いている。

大きさは畳、三畳分ぐらいだ。スーはこれで三匹は入るという。

ただ、いっぱいになると、外から突進してきたスーが内側のスーに当たる恐れがある。

まあ、今回はとりあえず罠に効果があるかの実験なので、囲いを広くすれば解決可能な問題は無視することにした。

扉の素材は、薄目の鉄板にした。

あんまり厚すぎると開かないだろうし、薄すぎると壊れるので、これが適正な厚さなのかは現時点では不明である。

こればかりは、やって確かめるしかないようだ。

駄目なら、また扉部分は作り直しとなる。

扉に塗るための黄色塗料は、町で仕入れてきた。

突進を受けるたびに色がある程度落ちると予想されるため、結構な量を買った。塗料は色によっては高値がつくが、黄色は安かったので、大した金額にはならなかった。

スーをおびき寄せるための、リンゴの匂いを染み込ませた布は、すぐに作れる。リンゴは村によくあるため、それをジュースにして、その汁を染み込ませれば、簡単である。

そして、最初の罠は作製開始から、三日後に完成した。場所はランベルク村、近くの森の真ん中だ。

「こ、これで上手くいくのかな？」

ロセルが完成した罠を見て、不安げに呟く。

「それはやってみないと分からん。まあ、こういうのは何度か試行錯誤を重ねて、完成度を上げていくものだ、最初は出来なくても問題ない」

「そ、そっか」

私の言葉を聞いて、ロセルの不安は少し晴れたようだ。出来なくても大丈夫という言葉は、ネガティブなロセルには案外効果的だったのだろう。

その後、私たちは罠を離れた。


翌朝。

罠にスーがかかっているのか、リーツ、ロセルと一緒に見に行った。

「これは、多分入ってますね……」

リーツが罠の様子を見た瞬間にそう言った。

扉に塗った黄色塗料が、若干はげている。

スーが突進した証拠だろう。

リーツは壁に開いた穴を見て、中を覗《のぞ》き込む。

「二匹入ってますよ。寝てるみたいですね」

「え、ほ、本当？」

「成功か？」

私たちも壁の穴を覗く。子供は届かない位置に、穴を開けているので、リーツに抱えてもらって中を見る。確かに二匹のスーがいた。リーツの言う通り寝ている。閉じ込められているのに、寝ているとはかなり神経が太い奴らだ。

リーツは扉の状態なども確かめてみる。

「問題ないみたいですね。これなら結構もつと思いますよ」

扉の耐久性も、問題ないみたいだった。

「そ、それってこのまま囲いを広くした罠を作っていいって事かな？」

「問題ないと思うよ。これなら狩りの効率も上がって、グレッグもロセルの事、見直すんじゃないかな？」

「と、父ちゃんが俺を見直す？」

ロセルには、余計なプレッシャーを与えないため、良い罠を作ったら、グレッグが見直すかもという話は、一切していなかった。

「それではこれを広くしたものを作りましょう。今度は狩人の方たちにも手伝ってもらって」

「そうだな。ところで捕らえたスーはどうするんだ？」

「とりあえず昏倒《こんとう》させて、屋敷に持ち帰りましょう。スーの解体なら出来るはずですよ。今日の昼に食べましょう。そうだロセルも食べようか。自分の罠で取ったスーだから、普通よりうまく感じると思うよ」

その後、リーツが中のスーを昏倒させて、屋敷に持ち帰った。

そして、昼になるとそのスーを食べた。ロセルは嬉しそうに食べていた。

○

「仕掛けでスーを狩る……ですか？」

翌日、村の狩人を、村にある集会所に集めて、スーを取るための罠を作製すると言った。

同意が取れれば、村の狩人たちに罠の作製を手伝ってもらうつもりだ。

リーツが図を用意して、罠の説明をした。

ロセルが描いたものを見やすく書き直した図である。

「なるほど……確かにこれが上手くいけば、狩りの労力がだいぶ下がりますね……流石、アルス様、こんなことを考えつくとは」

グレッグが感心したようにそう言った。

「私が考えたわけではない。ロセルが考えたのだ」

「え⁉」

びっくりして、グレッグはロセルの顔を見る。

「それは嘘でしょ。ロセルにそんなことできるわけ……」

「ロセルには、高い知の才があると言っただろう。それは全てロセルが考えたもので、私はなにもしていない」

「……ほ、本当なのかロセル」

グレッグに聞かれて、ロセルは頷いた。

「……これ、本当に上手くいくんですかい？」

ロセルが作ったと聞いた途端、罠の性能を疑い始めた。よほどロセルの才を認めたくないようだ。

「一度、規模の小さいもので試した結果、成功しているので、大きくしても大丈夫でしょう」

リーツがそう説明した。

「それで、これを作るのをここにいるものたちに、手伝ってもらいたいが、やってくれるか？　当然、罠を利用して捕らえた獲物は、全てそちらの収穫としていいぞ。作り方を覚えたら、同じものを自分たちで作ってもいい」

私がそう言うと、狩人たちは手伝うと、手を挙げ始めた。

最後に残ったのはグレッグだが、彼も抵抗感を感じる素振りを見せながらも最終的には手を挙げた。

「全員が手伝うということでいいか。じゃあ、始めるのは明日から。場所は近くの森に作る。早朝、この場所に一旦集まってくれ」

その翌日、広い囲い罠の作成がスタートした。

罠を張る場所は、狭い罠を張った場所と同じく、森の中央辺りである。最初に作った罠を撤去して、その場所に作ることにした。

囲いの広さは、最初に作った物の約七倍。

囲いの内側に木が何本も生えていて、罠にかかったスーを処理する時、不便になりそうなので、数本を残して木を切った。その木は囲いの素材に利用する。

最初に作った罠には設置しなかった櫓も建てた。

極めて簡易な作りの櫓で、高さも四メートルくらいだ。戦場ならあまり使えないだろうが、今回はこの程度の高さで十分である。

作業を始めて六日で、罠は完成した。

規模は大きくなったが、作業する人数も以前よりも多くなったので、かかった期間はそこまで延びていない。

「これで本当にスーはかかってくるんですかい？」

グレッグが、完成した罠を疑いの眼差しで見ながら呟いた。

「規模を大きくしても基本的な仕組みは変わっていないので、大丈夫ですよ」

リーツがそう言ったが、グレッグの疑いは中々晴れないようだ。

作り終わった後は、前と同じく罠から離れて、一日待った。

そして翌日、成果を確認するため罠を見に行く。

ロセルの目にくまがある。上手くいくかどうか不安で、昨夜は眠れなかったのだろう。

最初の罠を確認するときはそうでもなかったが、やはりグレッグにも見られるというのは、相当プレッシャーになっているようだ。

以前の罠と同じく、扉を見れば罠にかかっているのかは、一目瞭然だ。

黄色い塗料が剝がれている。前よりも剝がれているため、恐らく以前よりもかかった数は多いのだろう。

「たぶんかかっていますね」

リーツがそう予想し、中を覗きに行った。

「三匹……いや、四匹かかっていますね」

「ほ、本当か？」

「お、俺も見る」

グレッグや作製を手伝ってくれた狩人たちも、罠の中を見始めた。

「ほんとだ！　かかってやがる！」

「成功だ！」

狩人たちは、罠の成功を喜び始めた。

私も中を見たが、確かに四匹のスーが囲いの中にいた。今回は起きていた。りんごの匂いが染み込んだ布を舐《な》めたりしている。

ロセルもスーが入っているのを見て、ほっと一安心して息を大きく吐いた。

「いやー、しかしこれは便利だな。わざわざ追っかけて取りに行かなくていいからな」

「スーの奴は逃げ足がはえーし、一発外したら、すぐ逃げられちまうからな。あんま大きくねーから矢も当たりにくいし」

「この状態なら流石にすぐ狩れる。いやー、グレッグの三男は上二人とは違って、大丈夫かと思ったが、中々すげーじゃねーか」

狩人たちは罠の成果を見て、これから狩りが楽になるだろうと喜び、設計したロセルを褒め称えた。

あまり褒められ慣れていないロセルは、困惑している。

グレッグはどうするか、少し戸惑いながら、ロセルの頭に手を置いて、

「ロセル、よくやったな」

とロセルを褒めた。

褒められたロセルは、一瞬大きく目を見開いた。そして、

「うん！」

今まで見たことのない満面の笑みを浮かべて、頷いた。

○

この日から、狩人はロセル発案の罠で狩りをするようになった。

それにより、スーの狩り効率が上がり、村ではスーがよく食べられるようになった。

元々はそこまで頻繁に狩れるようなものではなく、スーの肉はご馳走《ちそう》だったため、村の食糧事情は大きく変わった。

さらにスーの干し肉を取引材料に、村外と物々交換を行って、今まで出回っていなかった食べ物が、出回るようになった。

今回の件で父親に褒められたことで、ロセルも自信がついたのか、ネガティブな性格は少しだが改善された。

ロセルは罠を発案した功績が認められ、父に呼びだされ褒美を貰うことになった。

「金貨五枚を褒美として取らせよう」

結構な大金である。

ロセルの隣に居たグレッグが、目を丸くして驚いている。

ちなみに私の近くで同席していたシャーロットが、「わたし十二人分……」と呟いていた。シャーロットを買った値段は銀貨五枚で、金貨一枚は銀貨十枚と同価値なので、十人分が正解である。

シャーロットにも、最低限の勉強はさせた方が良さそうであるな。

ロセルは金貨五枚を父からもらっても、あまり嬉しそうではない。浮かない表情をしている。

グレッグの方は、飛び上がるように喜んでロセルを褒めまくっているのに、何でだろうか。金貨五枚は大きな金額だし、嬉しくないということはないはずなのだが。

疑問に思った私は、褒美の授与が終わった後、ロセルに尋ねてみた。

「いやだって、貰っていいのかな……こんなに……って思ったから」

「ロセルはそれだけの事をしたから、貰っていい。当然だぞ」

「だ、だってさ……村の狩人は皆、罠を使うようになって、そのうちスーが森からいなくなっちゃうかもしれないし、そうなったら、逆にお、俺のせいでスーを食べられなくなっちゃうことになるんだ……」

「あー……」

言われてみたらそうだ。狩り続けたら、スーはいずれいなくなってしまう。

単純な事だが、スーを多く狩れるようになったという、嬉しい現実が目を曇らせていたようだ。

ロセルだけは、きちんと目を曇らせず、未来を見ていた。

「あ、あんなに金貨を貰ったから、そんな事にしちゃだめだよね……何とか、何とかしないと……でも何匹かリリースしてと言っても、聞いてくれるかな……取れるのに取るななんて、狩人が聞いてくれるだろうか……子供だけ、逃すようにするとか……でも、親は殺して子供だけで生きていけるのかな……別の動物を捕る罠を開発するとか……もしくはもっと別のいい方法が……」

ロセルはぶつぶつと呟いて、対策を考え始めた。

普通なら浮かれそうなところ、未来を不安視して対策を考えている辺り、根がネガティブだというのは変わっていないようだ。

でも、今回の件でネガティブな面は必ずしも悪いだけではないようだと、理解した。

案外ロセルはこのままの方が、いい軍師になるのかもと私は考えを改めた。

閑話　ロセルのその後

俺はロセル・キーシャ。狩人の子供だ。

だけど、貴族の子アルスと知り合って、今は頻繁に屋敷に行って勉強をしてる。

アルスは俺に才能があるという。俺はよく分からないけど、でも、勉強するのは嫌いじゃないから通っている。

アルスは俺と同じくらいの年なんだけど、俺よりも全然大人なんだ。俺みたいにビクビクしていないし、話していることも大人っぽい。

そして、人の力を見られる力を持っているから、リーツ先生やほかの大人たちも、凄くアルスを信頼しているようなんだ。そんな力を持つアルスは凄いと思うけど、同時に怖いとも思う。

もしかしたら、見られるのは力だけじゃないんじゃないだろうか。俺の心の中とか、隠し事とかも見られてるんじゃないだろうか？　こっそり本を家に持って帰って読んでいる事とかも、もしかしたらバレてるかもしれない……。

屋敷にいるとき以外にも、本を読みたいんだけど、俺なんかに大事な本を貸してくれるわけないし、こっそり持って帰っているんだ。

ほかに隠し事はないけど、これから何かあった時、心の中が見られちゃってたらすごく困る。

よし、アルスに力のことについてもっと聞いてみよう。

俺はそう思って、いつも通り屋敷に通って、アルスと会い、力について尋ねてみた。

「私の力で分かるのは、才能とあと名前と性別くらいだ。心の中までは流石に読めんよ」

「そ、そっかー」

少しほっとした。それでもアルスの力が凄いのは変わらないけど。

「ああ、でもお前がこっそり本を持ち帰っているのは、知っているぞ。そのくらいは心の中が読めなくても分かる」

「ギクッ！」

「別に持って行ってもらっても全く問題ないから、今度から持っていく前に一声かけてくれ、それが礼儀だからな」

「頼んだら、貸してくれるの？」

「ああ、問題ない」

「あ、ありがとう。今度からは絶対に貸してもらえるか聞いてから、持っていくよ」

貸してくれるという許可を貰《もら》った。アルスは良い奴だ。

俺は本を読ませてくれて、勉強も教えてくれるアルスが好きなんだ。いつか力になれたらと思っているんだ。

アルスは俺が軍師になれると言う。なれるかは分からないけど、精いっぱい頑張って勉強しよう。

四章

それから三年経過した。私は九歳になる。

だいぶ背も伸びてきて、力も徐々についてきた。

森のスーを狩り尽くしてしまうかもしれない問題は、最終的に父に掛け合い、捕獲量を制限する規則を作ってもらうことで決着した。

破ったらきつい罰則が待っているため、狩人たちはきちんと守っている。

ロセルが、スー以外の動物を狩るための罠《わな》も開発したので、狩人たちの捕獲量は、制限後も落ちずにすんだ。

この三年で変わったことは、色々ある。

父が最近病気がちになってしまったせいである。

咳《せき》をよくするようになり、熱も頻繁に出るようになった。どんな病気かは医学の知識がないから不明だ。そもそも、前世の知識にある病気と、この世界にある病気が同じとも限らない。

病気は、ウイルスや細菌が原因になる事が多い。地球とは違う、ウイルス、細菌がこの世界にあってもおかしくはない。いや、逆に同じという方がおかしいだろう。

とにかく父は私の知らない病に冒されている。

これが自然に治癒するのか、それとも治さなければ死んでしまうのかも分からない。

ただ父が病になったのは数ヵ月前で、その時からずっと調子悪そうにしているので、簡単な病気でないのは確かだろう。

私は病になった父に、屋敷で大人しくしているように言ったが、絶対に戦には出るの一点張だ。

代わりに私が出陣するとも言ったのだが、九歳の子供を戦に出すわけにはいかないと、それも駄目だった。

説得できそうにもなかったので、せめてリーツを連れて行くように言った。

私が一番信頼している人間は、リーツである。

彼が一緒にいるなら、有事の際は何とかしてくれるだろう。

その代わり、戦が起きた時は、リーツは私の教育係ではなくなる。

最近ミーシアン州では、戦が起こりやすくなっているので、ほとんどリーツは戦場に行っている。最近あまり一緒にいる時間はない。

新しい人材だが、三年探してそれなりにいい人材は何人か見つけられたが、飛び抜けた者は見つからなかった。

カナレの町はあらかた見終わったので、そろそろ別の町を探したいところである。

しかし、距離が離れているので、山賊などに襲われるリスクが高くなる。そのため護衛の人数を増やさなければならない。

現状、リーツを含め実力の高い者たちは、皆、戦に行っているので、遠くまで行くことは難しいだろう。

早く平和になって欲しいものであるが、すぐにそうはならないだろうな。

何せ、最近戦が起こりやすくなった理由が、例のミーシアン総督の座を巡った跡目争いにあるからだ。

○

屋敷の食堂。

季節は冬となり、部屋の中には暖炉がつけられている。この辺りは冬になっても急激に寒くならないのだが、それでも暖炉を点けたくなるくらいには寒かった。

寒いと戦をする気がなくなるのか、最近は若干戦が減り、リーツや父と一緒にいる時間が増えた。

今日も父が家にいるので、一緒に食事を取っているところだ。

「「ごちそうさま――!!」」

一緒に食事を取っていた、弟と妹のクライツとレンが同時に食べ終わり、椅子から立ち上がった。

ちょっと前までは赤ん坊だった二人だが、すくすくと成長して、最近では喋《しゃべ》り回るわ走り回るわ、非常に活発になっている。子供の成長は早いものだ。

見かけは結構違いがある。

クライツは父と同じく、髪が金色だ。レンは私と同じく黒色である。

顔の作りも似てはいるが、瓜《うり》二つというわけではない。

二卵性双生児だからなのだろう。

「にぃにぃあそぼー」

「あそぼー」

私の服を引っ張って来た。これから少し父と話したいと思っていたので、

「リーツに遊んでもらいなさい」

二人の世話をリーツに丸投げした。

「えー」

「にぃにぃもあそぼー」

「あそぼー」

「あー、分かった、あとで遊んでやるから。今は父上と話をするから、それまで待っていてくれ」

そういうと、リーツの下に向かって行った。

いきなり弟と妹がそれぞれ出来るのは、大変である。

「父上、最近お体はどうですか？」

二人が去ったあと、私はそう尋ねた。

「全く、ゴホゴホ……問題ない」

「咳しているのにいいますか……」

「こんなもの、問題にもならん」

といいながらも、再び父はゴホゴホと咳をする。

父の容体は、寒くなって来たからか、徐々に悪くなっている気がする。

「あの、やはりもう戦には出られない方が……」

「それは何度も、行かないわけにはいかないと言ったであろう。今、この情勢で戦に出れぬなど、ルメイル様に言えるわけがない」

ルメイル様とは、カナレ郡長、ルメイル・パイレスの事である。父が仕えている相手だ。

現在のミーシアン州の情勢は、まさに一触即発という状態だ。

ちょうど一年ほど前、ミーシアン総督が病に倒れた。死には至らなかったが、寝たきりの状態になり、意識が戻らないようだ。

総督は後継者を弟にすると書状に書き残していたらしいのだが、その信憑性《しんぴょうせい》に疑問が残り、兄は、これは弟の謀《はかりごと》である、と主張した。

実際その主張は間違っているとも言えない。最近あまり出来が良くないと言われていた兄が、戦で功績を残し、これなら兄の方が継ぐだろうと家臣たちは思っていたようなのだ。

しかし結果後継は弟なので、疑問に持つ者は多く、兄に味方する貴族たちもいた。

ただ確かに字は総督の書いたものであるという声もあり、その者たちは弟に味方している。

ちょうど州が二分する感じになり、最悪の事態になってしまっているのだ。

総督が生きているので、まだ本格的な戦は始まっていないが、死んでしまったら大戦になるのは避けられないだろう。

カナレ郡長のルメイルは、兄を支持しており、東隣のペレーナ郡長は、弟を支持しているため、対立している。

そのせいで小競り合いが頻繁に起き始め、さらにその状況を隣のサイツ州も黙って見てはおらず、カナレ郡にちょっかいをかけてくるペースを上げている。

非常に不安定な状況になっており、数は少ないが兵の質は高く、カナレ郡の中でも多くの戦功を残しているローベント家が、戦に出ないというわけにはいかなかった。

「ですから、父に代わって私が出陣を……」

「それもならんと前に言ったはずだ！　まだ初陣も済んでおらん者に、軍の指揮ができるか！」

一喝されて私は黙るしかなかった。

前世で三十五歳まで生きた経験があるとはいえ、戦で役に立つような経験など、一度も積んだことはない。

ここで、任せてください、経験はないですが絶対にうまく指揮をとって見せます、と胸を張って堂々と言い切ることは出来なかった。

九歳だが戦に出ることが出来るという器量を、見せることが出来れば、父も無理をして戦に出なくていいはずなのに、今の私には到底出来なかった。

私は黙って立ち上がり、部屋を出ようとする。

「待てアルス、忘れておったことがあった」

父に呼び止められたので、出るのをやめる。

「何でしょうか？」

「お前の許嫁から手紙が来ておったらしいぞ。リーツに持たせてあるから読んでみよ」

「ああ、私の許嫁からですか……」


ん……？　……許嫁？


聞き間違えか？

許嫁って、将来私の嫁になる女性のことだよな？

「あの、許嫁……とは？　聞き間違えでしょうか？」

「ああ、言ってなかったか。お前には許嫁がいるのだ」

衝撃の事実をあっさり告げられた。


許嫁……だと……？


いや、冷静に考えたら今の私は貴族なので、許婚の一人くらいいてもおかしくない。

しかし、今に至るまで一言もその存在を聞いたことがなかったので、かなり驚いた。

「あの、本当に許婚が私にいるのですか？　なぜ今まで言ってくれなかったのですか？」

「忘れておった」

忘れたって、そんな大事なこと忘れないぞ普通……。

父は抜け目がない性格に見えて、大雑把なところがあるからな。

「お主の許嫁は、ここカナレ郡のトルベキスタの領主プレイド家の娘だ。ゴホッゴホッ……トルベキスタ領主のハマンドと私は仲が良く、今から十年前か、お前が生まれる一年前、ハマンドにはすでに六歳の長男と、四歳の次男と、生まれたばかりの長女がいた。私に男の子が出来たらその長女を嫁がせると、約束を交わしておったのだ、ゴホッゴホッ……」

時折咳を交えて、父が事情を説明した。

複雑な政治事情があるというわけではなさそうだな。まあ、でも父は成り上がりで、貴族に血族が少ないから、婚姻は重要になるだろう。

当然、血族が少ないという弱点は、私が領主になった時も残る。自分のためにも、貴族の子と婚姻できるというのは、悪い話ではない。

好きになった人と、恋愛して結婚したいという気持ちは、前世ではそれが当たり前だっただけに、なくはないが、ここは諦めるしかないだろう。

手紙はリーツが現在は持っているというので、私は部屋を出て、リーツの下に向かった。

○

リーツは勉強部屋にいた。

ロセルとシャーロット、そして、双子のクライツとレンもいた。

双子の相手はシャーロットがしていて、リーツとロセルは勉強をしているという感じである。

シャーロットにも最低限の知識を身につけさせた方がいいだろうと、最近勉強をさせている。あんまり覚えはよくないが。

「おはようございます、アルス様」

「おはようアルス」

「あ、アルス様だ。おはー」

リーツ、ロセル、シャーロットが入ってきた私に挨拶をする。私も挨拶を返した。

この三年で、三人の見た目も大きく変化した。

まずリーツだが、年齢が十八歳となり幼さは完全に消え去り、もう大人と言っていいような風貌をしている。日本の十八歳といえば、まだまだ幼さを残していた気がするが、リーツの場合、戦で壮絶な経験を何度も積んでいるからか、幼さはカケラもない。

背も伸びて、１９０cm近くになっている。

戦場も何度も経験しているので、ステータスもかなり成長した。現在は、

統率 95/99
武勇 89/90
知略 95/99
政治 90/100

満遍なく上がって、武勇以外は全て、九十台に乗っている。

ロセルは八歳で、まだ子供だが、以前よりかはだいぶ成長した。背も十五センチくらい伸びて、130cmほどある。

顔つきはまだまだ幼い。いつも眉間にシワを寄せ考えを張り巡らせているためか、若干目つきが悪くなっているような気がする。

性格は非常に大人っぽくなっている。時々大人でも唸《うな》らせるような事を言う時もある。

ステータスは、

統率 40/88
武勇 15/32
知略 88/109
政治 50/95

こんな感じだ。

知略の上昇が目覚ましいが、ほかは政治が上がったくらいか。まあ、武芸の訓練は全くさせてないし、統率は戦場で経験を積まないと上がらないから、上がるはずがないな。

一応、ロセルにも武芸の訓練をさせた方がいいかもしれないな。

最後にシャーロットだが、彼女は十五歳か。

会った時はまだまだ体は未発達だったが、成長期を迎え、背も伸びて、体つきも女性らしくなった。

特に胸の成長が凄い。巨乳と言ってもいいくらい大きくなっている。たまに理由は不明だが私に抱きついてくる時があるが、その時は非常に反応に困る。女性の扱いにはあまり慣れていないからな。

性格は三年経ったが、相変わらず摑《つか》みどころはない。ただ、今も双子の相手をしているように、子供は好きみたいだ。

ステータスは、

統率	78/92
武勇	103/116
知略	44/45
政治	36/40

こんな感じである。

何度も戦を経験し、統率が上昇している。

しかし、武勇は意外とあまり伸びていない。三年で2しか伸びていない。

ステータス上昇速度は、いまいち分からないところも多い。

一日で3上がるような日もあれば、今回みたいに三年で2しか伸びないようなケースもありうる。

シャーロットの場合は、本人に上昇志向がないことが原因だと思う。

どうも、現在の魔法ですでに満足していて、これ以上、上手くなろうとしていないように思える。

実際、現時点の数値でも、飛び抜けて高いのは間違いないため、満足する気持ちは分からないでもない。

私としてはMAXまで上げたら、どこまで凄い魔法が使えるようになるのか気になるので、もっと上げてほしいけどな。

彼女を上回るような魔法兵が現れれば、対抗意識が芽生えて、上手くなろうとするかもしれない。

「リーツ、父上から、手紙を預かっていないか？」

「ああ、アルス様の許婚の方からの手紙ですね。預かっておりますよ」

リーツが懐から出した手紙を、私は受け取った。

「ア、アルスって許嫁がいたんだ……どんな子なの？」

「見たことはない。ついさっき知った。そういえば名前も知らん」

「そんなことあるんだ……」

ロセルは若干衝撃を受けたようである。

「えー、許嫁いたのー？　アルス様は、わたしを嫁にするために買ったんじゃなかったっけ？」

「誰がいつそんなことを言った」

「あ、そうか愛人にするために買ったんだね」

「それも違う」

シャーロットはケラケラと笑う。からかってきているだけのようだ。たまに本気で変な発言をするので、判断が付きづらい。

私は手紙を見てみる。

差出人は、リシア・プレイドと書かれていた。リシアというのだな。覚えた。

手紙の中身は、挨拶から始まり、花を育てるのが趣味だとか、最近綺麗《きれい》な花が咲いて嬉《うれ》しかったとか、近況が綺麗な文字で綴《つづ》られている。

そして最後、

『それでは約束通り、もうすぐそちらに伺いますので、その折はよろしくお願いします』

そう書かれていた。

当然、ついさっき存在を知った人と約束などしているわけがない。

父が勝手に約束したか、もしくはこの子が勝手に約束したと思い込んでいるのか、どちらかだ。

恐らく前者だ。というか前者であって欲しい。

勝手にしてもいない約束をしたと思い込むような子が嫁になるのは、不安である。

それと、もうすぐ来ると書いてあるが、正確な日付は書いていない。

こちらも知っていると思って書いていないのだろう。

ちなみに、この世界の暦は一年が三百六十日で、十二月に分かれている。一月は全部三十日だ。地球で使われている暦に近い。

どういう経緯で暦が定められたかは、知らない。

地球では、地球が太陽を一周する日数を、一年と定めているが、この世界はそもそも球体かどうかも分からない。

まあ、太陽らしきはものはあるし、夜になると月らしきものと、星らしきものも出てくるから、球体の可能性は高いような気がする。

今日の日付は六月三日だ。季節に関しては、五月、六月、七月が冬なので、ちょっとややこしい。八、九、十が春で、十一、十二、一月が夏、二月、三月、四月が秋である。

私の誕生日は八月八日だ。

だいぶ、話が逸れた。とにかくもうすぐ来るということは、六月七日から九日辺りに来るということだろう。

父に聞いてみるのが、一番早いな。仮に勝手に約束を決めたのなら、父が知っているはずである。

「アルス様、何が書いてあったのですか？」

リーツが尋ねてきた。

「どうやら、私の許婚の子が、もうすぐここに来るらしいのだ。何か心当たりはないか？」

「え？　申し訳ありません。聞いておりませんね。でも、それは一大事ですよ。来るというのならおもてなしをせねばならないのに、何の準備もしておりませんからね。正確な日付はいつになるのでしょうか？」

「分からない。私は約束をした覚えなど、当然ないからな」

「レイヴン様に、聞いてみるのがいいでしょうね」

私と同じ結論を、リーツは出した。

父はすでに食堂にはいなかった。自室に戻って療養しているだろうから、そこに行って聞き出した。

「あー……そういえば、そんな約束をしたかも知れんな……結構前だったが……ハマンドから子供のうちに、一度合わせたいと言われて……頷《うなず》いた気がする。なにぶん酒の席だったから、記憶は鮮明ではないが」

「……やはり約束されていましたか。それでいつ来られるのでしょうか？」

「えーと……六月の……六日？　いや、四日だったか。そうだ四日だ間違いない。思い出してきたぞ」

四日……？　四日って……。

「あ、明日じゃないですか！」

「そうだな」

「そ、そうだなじゃありませんよ！　な、なぜ前日まで黙っていらしたのですか⁉」

私が問い詰めると、父はバツの悪そうな表情で、頬をかいたあと、その後、急に決め顔になる。

「アルス、心して聞け」

「は、はい」

「誰にでも、失敗はある」

「…………」

決め顔で何をいうかと思ったら、開き直った。

私はだいぶ呆《あき》れる。

「リーツ、至急おもてなしの準備を始めるのだ」

「かしこまりました」

私と共に父の部屋に訪れていたリーツに、準備をする様に命令した。

○

一日でおもてなしの準備をするというのは、非常に大変で、それから屋敷中大騒ぎになった。

許嫁に貧相なおもてなしをして、婚約の話が破談になりでもしたら、最悪である。

忘れていたなんて、最低の非礼である。正直にいうわけにはいかない。何としてでも満足してもらえるもてなしを、たった一日で準備をする必要があった。

村人たちも手の空いているものには、手伝ってもらって、屋敷の内装の準備から、ちょっと汚くなっている外観の清掃など、急ピッチで進めていく。

大変厳しい状況であるが、さすが完璧超人のリーツだ。テキパキと指示を出して、物凄い早さで作業が進行していく。

マルカ人のリーツを馬鹿にするようなものは、家臣にはもはやおらず、全員きちんと指示を聞いていた。

それから、貰《もら》った手紙に書いてあることから、花が好きであるということが分かっているので、花束なども用意する。

手紙には、冬に咲くミラミスという花が好きと書いてあった。花があまり咲かない冬に咲くから、好きであるという。

ミラミスは、見た目は白い彼岸花である。屋敷の庭にも咲いている。

彼岸花には毒があったり、仏教的に死をイメージさせる花なので、あまりいい印象はなかったが、そういう先入観なしで見た場合、確かに綺麗な花ではある。

ミラミスに毒はないし、宗教的な事情もないので、ただの綺麗な花として見られていた。

このミラミスを摘んで、花束にして贈呈したり、村に咲いてるミラミスを庭に移植して、屋敷の庭を飾ることになった。

相手はミラミスを育てているということなので大量に持っているだろうから、あげても喜ばれないのでは？　という意見もあったが、向こうの好みに合わせるという姿勢を示すことが重要であるというわけで、そのまま進めることにした。

とりあえず何とか一日で、体裁は保てるようになったと思う。向こうも大領主の娘ではないし、これで何とか非礼扱いにされるということはないと思う。

一日中働かされて、若干疲れた様子のリーツが私の近くに来て、

「あとはアルス様次第ですが……まあ、アルス様なら大丈夫でしょう」

とプレッシャーになるような事を言ってきた。

そうなのである。

結局、最終的に気に入られるかどうかは、私次第なのである。

体裁をいくら保とうが、私が嫌われてしまった場合、努力は全て水の泡と消える。

リーツはなぜか信用しているみたいだが、はっきり言ってまるで自信はない。

父の話によると、私より一歳上なので、相手の年齢は十歳か。

もう少し幼かったら良かったかもしれないが、十歳の女の子というと、少し難しい年頃である。

子供であるのは間違いないが、子供と思って接すると、痛い目を見るという微妙な年頃だろう。

初恋をするというのも、だいたいこのくらいの年齢か。

私は別に女性にモテるというタイプでもなかったし、今世でも顔はそんなに良くない。至って平凡だ。

果たして、上手くやれるのだろうか？

たった一日だったので、適確な作戦など思いつけるわけもなく、

「アルス様、リシア様がお見えになりましたよ！」

その時を迎えた。

私は、リシアが来たという報告を聞いて、急いで屋敷を出て門の前に行き、出迎えた。

門の前に、数人の執事やメイドを連れた、金髪の少女がいた。

少女は急いで駆けつけてきた私を見て、微笑みを浮かべ、

「初めまして、わたくしリシア・プレイドと申します」

と綺麗に頭を下げて挨拶をしてきた。

優雅な仕草から、育ちの良さを感じさせる。

私も自己紹介をしながら挨拶を返した。

リシアを改めて見る。

身長は低い。

十歳くらいの年齢だと、女子と男子は成長は変わらないか、女子の方が成長が早いというイメージがあるが、一歳年下の私より背が低いくらいだ。決して私も背が高い方ではない。

雰囲気はおっとりしているという印象の美少女である。

目は垂れ気味。肌は白い。体型は子供なので当然未発達である。

花が好きだという前情報から、心優しそうな子をイメージしていた。少なくとも外見はイメージ通りである。

私は、一応彼女も鑑定して見ることにした。リシアは許嫁であり家臣ではないので、それほど優秀でなくてもいいのだが、優秀であるのに越したことはないからな。

リシア・プレイド　10歳♀
・ステータス
統率 5/10
武勇 5/10
知略 45/73
政治 77/100
野心 80

・適性
歩兵 D
騎兵 D
弓兵 D
魔法兵 D
築城 D
兵器 D
水軍 D
空軍 D
計略 B

な、なんだこのステータスは……？

政治の高さが突出している。知略も高いけど政治の高さに比べれば霞《かす》むくらいだ。

100って……現時点で77もあるし。

政治は高ければどうなるか、いまいち分かりづらい能力だ。

コミュニケーション能力が高かったり、交渉能力が高かったり、調整能力が高かったり、良い政策を考えつく発想力があったりすると高くなると思う。

それと野心の高さがおかしい。

80って……なぜこんなに高い。

大領主の嫁にでもなりたいのか、この子は。

何というか第一印象のおっとりとした優しい様子が、鑑定をしステータスを見ただけで百八十度

変わった。

今もニコニコと笑みを浮かべているが、天然で笑みを浮かべているのではなく、相手に良い印象を与えるよう、計算でやっている可能性がある。優秀な人間なことには間違い無いだろうが、果たしてこれはローベント家にとって吉となるのか凶となるのか分からない。

まあ、計算ではなく天然でそれをやれるからこそ、政治力が高くなっている可能性もあるか。あまり、考えすぎは良くないかもしれない。

「あの……わたくしの顔に何かついておりますでしょうか？」

鑑定結果に驚いて、ついリシアの顔をじっと見つめてしまっていたようだ。

どうやって誤魔化そうか考えていると、

「きっとリシア様のお顔が綺麗で、見惚《みほ》れていらしたのですよ！」

と後ろにいるメイドがそう言った。

場面が場面なら、その場逃れと取られかねない発言だが、この場は助かった。

「そ、そうです。笑顔が素敵な方だと思って見ておりました」

とメイドの発言に乗っかり、リシアを褒めた。

似合わないキザな発言であるが、褒められて悪い気のする女性は多分いない。

「まあ、照れますわ……」

リシアは少し頬を赤く染めて、照れていた。

とても自然な反応で、演技であるとは思えない。

「それでは、屋敷までご案内します」

「はい、よろしくおねがいします」

私は屋敷に向かって歩き出し、リシアはその横を歩く。メイドや執事たちは、私たちから五歩ほど後ろを歩いている。

「ランベルクは素晴らしい場所ですわね」

リシアはそう切り出してきた。

お世辞なのか、本気なのかは分からない。

「そうですか？」

「ええ、自然豊かで村にも活気があります。わたくしの故郷トルベキスタもいい場所ですが、それよりもっと素晴らしいですわ」

嘘《うそ》をついているようには見えない。

田舎で何もない土地なので、幻滅されるかとも思っていたが、心配し過ぎだったか？

「トルベキスタは、どんなところなのですか？」

「ここと同じく自然が豊かです。領民たちは優しいですわ。でも、勇猛さには欠けているので、戦ではあまり活躍できておりません。レイヴン様の率いる兵は、とても勇猛で戦場で活躍しておられると聞きますので、その点は羨ましいですわ」

こんな感じで、会話をしながら歩いた。

門から屋敷まで、普通に歩けば一分もかからないくらいであるが、話が弾み、途中で止まったりしていたため、結構時間がかかった。

彼女は、非常に会話がうまい。

私はそれほどコミュ力があるタイプではないので、話が弾んでいるのは、彼女のおかげだろう。

初めて許嫁と会うということで多少緊張しそうなものだが、それが全く見られない。

私の話を引き出して聞くのも上手ければ、自分で起承転結のある話をするのも上手い。

リアクションも嘘っぽさをまるで感じず、素直に驚いたり笑ったりしているように見える。

頻りに相手を褒めて気分を良くさせることも出来ている。

出会って五分程度だが、すっかり打ち解けた。

私が前世の知識もないただの子供で、さらに鑑定スキルを持っていなかったら、この五分間であっさりと籠絡されていたかもしれない。

これを仮に全て計算でやっているのなら、リシア恐ろしい子……である。

政治の高いリーツもここまで会話は上手じゃない。

下手な方ではないと思うのだが、飛び抜けて上手いと思ったこともなかった。

案外コミュ力は政治と関係ないのか、もしくはほかの能力で補えているのか、どちらかだろう。

ゆっくりと歩いていたが、屋敷に到着した。

周囲にはミラミスの花が咲き誇っている。

「あら、綺麗なミラミスがいっぱい咲いておりますわ。もしかして、わたくしのために？」

「ええ、手紙に好きと書いてあったので。お気に召しましたか？」

リシアは庭に咲き誇るミラミスを眺め、「綺麗ですわ……」と呟《つぶや》き、

「わたくしにために……大変でしたでしょうに。ありがとうございます。わたくし、感激しております」

と頬を赤く染め、屈託のない笑みを浮かべながら、リシアはそう言った。

その笑顔を見て、前世ではこんな娘が欲しいと思っていたということを、思い出していた。

いや、許嫁にこんな父性みたいな感情を抱くのは、良くないだろう。

将来結婚するということは、男女の交わりをする必要があるということだ。

そうなった時、凄く罪悪感が湧いてくる気がする。まあ、その時は、彼女も成長しているから、大丈夫かもしれないが。

「どうかなさいました？」

今度はリシアの笑顔に見惚れて、思わず見つめてしまっていたようだ。

いつもなら何でもないと言って、首を振るところだが、先程のメイドのおかげで私は成長を遂げていた。

「リシア様の笑顔が綺麗でつい見惚れておりました」

「まあ……アルス様は本当にお上手ですわ」

とリシアは再び照れて頬を赤く染めていた。

本当にキザな男なら、ミラミスの花より綺麗、みたいなことを言うかもしれないが、流石にそれを言うと恥ずかしくて死にそうになるだろうから、言えなかった。

そして私はリシアと一緒に、屋敷の中へ入った。

リシアをもてなすための一日の予定はこうである。

まず、私が屋敷までエスコートしたあと、総出でお出迎え。その後、昼食を振る舞う予定だが、思ったよりリシアが早くきたため、変えるかもしれない。早めに昼食を取ることもあるので、そのままにする可能性もある。

その後、昼は村を私とリシアの二人で歩く、所謂《いわゆる》デートをする。二人でと言っても、少し遠い場所にだが、護衛をつけるらしい。

その後、戻ってきて少し休憩。

昼寝でもしたあと、夜になると夕食。

夕食中には余興を催す。演奏をしたり、魔法を使った芸などだ。

一応ローベント家には、急な来客があった場合でも、もてなせるように、いつでも余興が出来る準備はしている。

使用人たちには演奏技術を仕込んでいるし、兵も戦うだけでなく余興も出来るようにしていた。

ただあくまで、大人を楽しませるための余興なので、子供のリシアが喜んでくれるかは分からない。その辺どうするかは、完全にリーツ任せとなっている。彼なら何とかするだろう。

そして帰り際に、ミラミスの花束やその他喜ばれそうな物を贈呈する。

滞在期間は分からないが、基本的に一日以上いてはならない、貴族としてのマナーみたいなのがあるので、多分明日帰るだろう。

仮に二日以上いるのなら、相当忙しくなる。

ということで、まずは総出でお出迎えで、屋敷に入った瞬間、「ようこそおいで下さいました、リシア様」と家臣たちがピシッとお辞儀をして、出迎えた。

全員、いつもよりもきっちりした格好になっている。

屋敷の内装も、いつもよりも綺麗である。ミラミスの花が飾られていたり、いつもは倉庫にしまってあるような、美術品が飾られたりしている。

総出で出迎えなのだが、父はいない。

病気の状態で、リシアの前に出てまずいと考えたのだろう。まあ、うつしてしまったらまずい。賢明な判断だろう。

それとなぜかリーツもいない。何か用があるのだろうか？

「初めまして、ご存じのようですが、わたくしリシア・プレイドと申します。よろしくお願いしますわ」

と家臣たちにも頭を下げて挨拶をした。

下の身分の者には横柄になる貴族は割と多いのだが、彼女はそういうタイプではなさそうである。

その後、リシアは、「これからわたくしの家臣ともなられるかもしれない方々と、なるべく早く仲良くなりたいですわ」といい、一人一人丁寧に挨拶をしていった。

この場にいる家臣たちは、この家に住んでいる使用人と、魔法兵や、騎兵など高度な戦闘技能を持ち、ローベント家から給金を貰っている者たちだ。

「アルスの許嫁、綺麗な子だね」

そのどちらにも当てはまらないロセルもいた。

彼の場合は将来直属の家臣になるだろうが、今はあくまで立場上は狩人の三男である。

まあ、ロセルは私には常にタメ口なのだが、礼儀は知っている子なので、この場にいても問題はない。

「リーツはどこにいるんだ」

「ん？　先生ならマルカ人が出迎えると、不愉快に思われる可能性もあるから、出ないと言って引っ込んでいったよ？」

「あー……」

そこを気にしていたのか。

リーツは、戦場で活躍しはじめているので、名声が高まっており、最初は他家から馬鹿にされていたようだが、最近はすっかりそんな声もなくなっているという話を聞いている。

なので、この場に出てきても特に問題はないと思うのだが。

そのうちリーツの存在はリシアも知ることになる、いやすでに知っている可能性が高いので、問題があるのなら直接会う機会ができて、いいと思うのだがな。

その辺のことはリーツなら考えているだろうが、考えた末に念のため引っ込んでおくと、結論を出したのだろうか。

リシアは家臣一人一人と握手を交わして、軽く会話をする。

とにかく、完璧な笑顔と口のうまさで、良い子だという第一印象を家臣たちに植え付けていっているようだ。

どう見ても良い子にしか見えないが、やはり私の心には、鑑定で見たステータスが引っかかっていた。政治の高さではなく、野心の高さにひっかかりを覚えている。

よく考えれば、政治が高いだけなら交渉がうまいで説明がつくかもしれないが、野心まで高いとなると、計算でやっている可能性がある。

そして仮にそうだとすると、油断して気づいたら実権を握られていたなんて事にもなりかねない。

気軽に心を許してはいけない。

「うーん、第一印象は綺麗な子……なんだけど……何か怖さを感じるなぁ……」

横でリシアを観察していたロセルがそう言った。

「何でそう思う？」

「う、うまく言えないけど……笑顔が作りものっぽいっていうか、言葉が白々しいっていうか……何か取り入っているような感じがして……ア、アルス……下手に彼女に気を許すと、毒を盛られて殺される可能性もあ、あるよ……そ、それで俺は逆らえなくて、奴隷のように扱き使われるかもしれない……だ、駄目だ、彼女に気を許しすぎちゃ……」

と小声で私に忠告してきた。

割と直感が鋭いところがロセルにはある。

少しネガティブになりすぎているだけの可能性もあるが。

彼女がどんな人間かは、これから自分の目で見極めるしかないか。人の心の奥底は、鑑定でも見ることはできない。

「あ、シャーロット姉さんの番になった」

ロセルの言葉に、私はしまったと思う。

シャーロットには、あまり礼儀作法などを教えていない。

何を考えているのか分からないところがあるので、何をしでかすのか分からない。

すごく無礼なことをやる可能性もある。

リーツではなく、シャーロットを引っ込ませるべきだったと、失礼なことを思ってしまった。

リシアはシャーロットと握手をする前に、

「あ、もしかして、ローベント家のシャーロット様ですか？　女性でありながら、凄い魔法を使い、戦場では数多の敵を葬り去っているという話を耳にしておりますわ」

と言った。

シャーロットは、魔法兵らしくローブを身につけた服装なので、それでリシアは気づいたのだろう。

他家に自分の名前が知れ渡っていることが嬉しかったのか、

「如何にも、わたしがシャーロットだ」

と何様だというくらい、胸を張って挨拶をした。

完全に非礼な行為である。

やばい終わったかと思ったが、

「やっぱりそうですわよね！　わたくし一人の女性として尊敬しております！　握手してください！」

とリシアはまるでヒーローショーに行った子供のようにはしゃいで、握手を求めた。

どうやら大丈夫だったようだ。肝を冷やした。

握手をした後も、変わらず偉そうな態度を改めない。一応大人相手にはあんな横柄な態度は取らないが、リシアが子供で年下なのであんな態度になっているのだろう。奴には礼儀というものも、叩《たた》き込んでやる必要があるようだな。

それからリシアは全員と挨拶をし終える。

「あの、レイヴン様はおられないのでしょうか？」

「父は病が酷くなったみたいで、うつってしまったらいけないので、会わないいつもりのようです」

「そうですか……心配ですが、お会いにならないつもりなら、仕方ありませんね。あ、それからマルカ人のリーツ様はおられないのでしょうか？　戦場での活躍が目覚ましいお方だと聞き及んでおりましたので、ぜひお会いしたいと思っていたのですが」

どうやらリシアには、リーツに対する差別意識はあまりないようだ。出てきても良かっただろうな。あとでリーツにはこの事を伝えよう。

少し早い時間だが昼食を取り、そして昼、一番緊張するデートの時間がやってきた。

私たちは屋敷を出て、二人で歩く。

こちらの視界の外、後ろから護衛が付いてきているはずだ。

武装した兵が近くにいては、純粋に楽しめないかもしれないという配慮で、遠くからの護衛になっているわけだが、正直、普通に付いてきたほうがいいと思う。

いざ何かあった時、あの位置から対応できるのか疑問だ。まあ、村で襲われた経験は一度もないので、多分何ともないとは思うが。

それと問題は村で何をするかである。

ランベルク村には大したものがない。

娯楽施設だとかがゼロなため、果たしてデートとして成立するのかも疑問である。

花でも眺めながら、ゆっくり庭の周りを歩いた方がいいような気がするのだが、リーツは「領民に慕われる事は、良い領主になれるというアピールになります」と言って村を歩くように勧めてきた。

子供にそんなアピールが通用するのか疑問だったが、相手も貴族の子だしそういう教育を受けているのかもと思って、結局村に行くことを決めた。

リシアは賢い子だろうから、それは間違っていなかったようである。

会話で楽しめさせられたらいいのだが、得意な分野ではない。

大丈夫かと不安に思っていたが、リシアが会話上手だったためか、存外会話は盛り上がった。

数分歩いて村に到着する。

とりあえず村の中心にある広場に行こうと思う。

広場には小さいけど市場がある。基本的に大したものは売っていないが、珍しいものがある日がたまにある。人が一番多く集まる場所で、いつも賑《にぎ》やかなので、とりあえず最初はここに行ってみる。

「ではまず、村の中心の広場に向かいます」

「はい」

最初にどこに行くかを告げて、私は広場に向かって歩き出した。

広場に到着すると、何やら少し様子がおかしいことに気づく。

いつも賑やかな場所なのだが、何やら人だかりができており、そこから怒号が聞こえてくる。

「金返せ！」「そっちこそ約束を守れクソども！」と口汚い罵り合いが始まっている。下手したら、乱闘になりかねない勢いだ。

こんな大事な時に、何かトラブルでも発生しているのか？

どうするか。無視した方がいいか。

しかし、領主の息子として領民のトラブルを無視するのは、悪い印象を与えるかもしれない。

「何があったのでしょう？」

リシアが不安そうにそう呟いた。

気になっているようだし、やはりここは何とか解決するか。

こんな時に面倒ごとを起こすとは、タイミングの悪いことこの上ないな。

村人たちには、リシアが来るという事は伝えているが、具体的にどう過ごすのかまでは伝えていない。村に来ると思っている人は、少ないのだろう。

「聞いてみましょうか」

私は近くでその様子を見ていた村人に、事情を尋ねてみた。

「何事だこの騒ぎは」

「坊ちゃんじゃないですかい。あれ？　そういえば許嫁の方が来るって聞いたけど……あ、そちらの別嬪《べっぴん》さんがそうなんですかい？」

リシアは村人にもお行儀良く挨拶をした。

「この騒ぎなんですがねー、ちょっとややこしいことになってるんでさぁ」

「ややこしいこと？」

そのあと、村人から事情を全て説明してもらった。

順を追って説明するとこうだ。

この村にも小規模だが、仕入れ業者がある。村の家具職人達が、その仕入れ業者と取引をした。

家具職人達は冬になったため、新たに開発された暖房器具を作り売ろうと思った。その材料である炎の魔力石を、仕入れ業者に仕入れてくるように頼んだ。

魔法に使う魔力水の原材料となる魔力石だが、それ以外にも用途がある。

例えば炎の魔力石は微かに熱を発する。詳しくは知らないが、その魔力石に何らかの物質を当てると、熱が急上昇するということが最近発見されて、その特徴を活かした暖房器具が開発されたらしい。

私の家にもない暖房器具なので、恐らく作られたら買っていたと思う。

しかし、そこでトラブルが発生する。

仕入れ業者が仕入れてきた魔力石は、炎ではなく音であった。

どこかで情報伝達に誤りがあったのか、仕入れ業者は音の魔法石を使って、音声拡声器を作製し、それをローベント家に売るつもりであると思っていたらしい。

音声拡声器なんて複雑な機械は作れないし、音の魔法石はいらないものだ、ふざけるな、と家具職人達は言うが、間違いなく俺たちは音の魔法石を仕入れるよう頼まれたと、仕入れ業者は譲らない。

家具職人達は前金を返せと怒っており、仕入れ業者は約束を守って音の魔法石を買い取れと怒っている。

正直どちらが悪いのかは、分からない。

どちらかが、情報を伝え損なったということになるだろうが、それが分からないからな。

こういうトラブルが起こらないよう、取引をする際には、ローベント家が立ち会うことになっているのだが、問題が起こったことが少ないため、面倒くさがってそれを怠っていたようである。

どちらか一方が損したなら、得した方が悪いという事になるが、現状どっちとも損をしているからな。

立ち会いを頼まなかったのが悪いと、私が言えば騒ぎは一旦は収まると思うが、両者の気は晴れる事はないだろう。再び争いが起こりそうである。

取引に関わったものに事情を聞いていけば、どちらが悪いのか分かるだろうか。

しかし、ミスをしたものが本当の事を言わないかもしれない。

この状況を綺麗に収める良い方法が、どこかにないだろうか？

私が考えていると、

「あの、アルス様、少し耳をお貸ししてくださいませんか？　わたくしこの場を丸く収める、良い方法を思いつきました」

リシアがそう言ってきた。

「良い方法とは何でしょうか？」

この手の面倒な話の解決方法を、十歳のリシアが思いつくことができるのだろうか？

こういう喧嘩《けんか》を仲裁したりするのも、政治が関わっているだろう。普通の大人の政治を遥《はる》かに上回っている彼女なら、思いついてもおかしくはない。

「今回の件に関しては、トラブルが起きないようにする対策を怠った、両者が同じぐらい悪いということになりますわ。なので、アルス様がどちらとも悪いと言って、止めるのが筋だと思うのですが、それでは争いを完全に止めることが出来たとは、言い切れません。しこりを残す結果になるので、再び争いが起こる可能性もありますし、もしかしたら、ローベント家自体に不信感を持たれる可能性もありますわ」

この考えは私と同じである。

「今回は両者ともが損をせずに済む、都合のいい方法は多分ありませんわ。だからここまで、揉《も》めていらっしゃるのだと思います。なので、アルス様がまず、両者がどちらとも悪いと言った上で、両者の損をなるべく軽減させる方法を提示すると、しこりも少なくなると思います」

損を少なくする方法を提示するか。

なるほど、一理あるな。両者とも、恐らく自分たちに非があるのは知ってはいるだろうが、それでも熱くなる原因は、損害が大きいからなのだろう。

仕入れ業者は貰える金が前金だけだと、大きな損害が出るだろうし、家具職人達は、前金を取られるだけでなく、商売の大きなチャンスを逃した事で損害を被っている。

暖房器具にはほかにも材料を買っているだろうし、設計図などもタダで手に入れたものではないはずだ。そう考えると、このまま作れなければ大損である。せめて前金だけは取り戻そうとするのは、分からない話ではない。

「わたくしの考えた方法は、仕入れ業者に音の魔法石を、炎の魔法石と物々交換させます」

「物々交換か……そういえば、音の魔法石は別にゴミではないんだし、前金を返して、音の魔法石は別に売ればそれほど損害は出ない気がしますが、なぜやらないのでしょうか？」

「うーん、そうですね……わたくしには分かりませんが、何か事情があるかもしれませんね」

事情か……。

私はしばらく考えてみる。

あ、そうか。

魔力石は各地で戦争が起こった影響で、値段が高くなっているが、質の悪い魔力石は魔法水にしても、魔法を使うことが出来ない。そのため、安く取引されており、それを仕入れ業者は仕入れてきた。

仕入れ業者は恐らく、相場よりかなり高い値段で、音の魔法石を仕入れたんだ。

家具職人たちは炎の魔法石を仕入れてもらうつもりで、高額な買取価格を提示したのだろう。

そして、炎の魔法石は音の魔法石よりも高値のはずだ。音の魔法石の用途は分からないが、少なくとも暖房器具の材料として使える炎の魔法石より、この寒い時期に値段が高騰しているとは思えない。

家具職人たちが炎の魔法石を仕入れてもらうつもりで提示した高い値段を、仕入れ業者は音の魔法石の買取価格だと勘違いする。

つまり家具職人達は相場を遥かに超えた値段で、音の魔法石を買い取ろうとしていると、仕入れ業者は思ったわけだ。

炎の魔法石と音の魔法石の相場の違い、音の魔法石の流通量にもよるが、相場より高めの値段で、音の魔法石をかき集めていたとしても不思議ではない。

そうすると、音の魔法石を相場通りの値段で販売したら、大きく損をしてしまうのだろう。

「物々交換をして集めることのできる炎の魔法石の数は、当初家具職人達に依頼されていた数を下回ると思われます。当然それをそのままの価格で売ると、仕入れ業者の損が大きくなります。なので、1kg当たりの買取価格を少し値上げして、家具職人達に買い取らせれば、仕入れ業者の損は少なくなります」

「なるほど……」

それだと家具職人達の損が大きくなる気がするが、まあ、暖房器具の値段を上げれば、損も少なくはなるか。

暖房器具が出来たら、少し高めの値段で購入すると私が約束してみるのもいいだろう。一応屋敷に暖炉はあるが、新しい暖房器具を試してみるのも良いからな。

「えーと、出来るのはこれくらいですかね。仲裁出来るかどうかは、アルス様次第ですわ」

仲裁の方法は決定した。

私は喧嘩している両者を止めて、決めた通りに両者が悪いといい、損を減らすための提案をした。

提案は最初は素直には飲まれなかったが、何とか説得した。

最終的には、完全に納得いったというわけではないものの、少なくとも両者の拳を下ろさせるのには成功した。もう同じような諍《いさか》いを起こすことはないだろう。

話し合いに時間がかかり、日が暮れ始めて来た。屋敷に帰る時間になっていたので、私たちは帰路についていた。

デートは実質出来ておらず、はっきり言って失敗した。リシアに気にしているようすが見えないのは、救いではあるが。

私はリシアが見事に問題を解決する案を出したのを見て、やはり彼女がただの十歳ではないと思い知った。それと同時にリシアの人に好かれる言動は、全て計算でやっている可能性が高いとも思った。

これだけ知恵があり、他人の感情を読めるので、そのくらい出来てもおかしくないかもしれない。

私と同じく転生者か何かじゃないかと、疑ってしまうくらいだ。

「あの、難しいお顔をして、どうかなさいましたか？」

「あ、いや、デートするはずがあんなことになってしまいまして、大変申し訳ないと思っていたのです」

「いえいえ、アルス様の凛々《りり》しいところを見られて、わたくしとても感激いたしました」

「凛々しいところとは？　彼らを鎮めるための案はリシア様が出されたものですし、私は特に何も……」

「案は確かにわたくしが出しましたが、実際に彼らを納得させたのはアルス様です。領民に信頼されていなければ、中々納得させることなど出来ませんよ。アルス様が日頃から、領民の皆様に慕われているのが分かりました」

相変わらず人を褒めるのが上手な子である。

しかし、今回の件でリシアに借りを作ってしまったな。

今は借りを返せと言ってくる気配はないが、野心の高いリシアに借りを作りすぎては、そのうち好き放題操られるという事態になるかもしれない。

ここで借りを返すのは無理だとしても、どこかでリシアの本心を少しでも知っておきたい。そうじゃないと彼女と結婚なんてとてもじゃないが出来ない。

そう思いながら、私はリシアと並んで屋敷に帰る。

途中の会話の流れで、リシアの本心を聞き出すチャンスが巡って来た。

「アルス様はどんな子がお好きなのですか？　わたくし参考にいたしたいのですが」

こんな質問をされた。

「そうですね。あまり隠し事のなさらない方が好きです。遠慮せず本音を言い合えるような方と一緒にいれば、毎日気を遣わずに済んで楽しいと思うのです」

これで話してくるとは思わないが、とりあえず相手が動揺するのかどうか見てみたいと思って、そう返答してみた。別に嘘というわけでもなく、そういう関係の妻がいたら楽しいだろうな、と前世から思っていたのは事実だ。

リシアは、

「なるほど、参考にします」

と答えて来た。

若干返答までに間があった気がする。

ただ動揺しているかどうかは分からない。

リシアの本心を知るのはそう簡単にはいかなそうだな。

私たちは屋敷へと帰った。

○

屋敷に戻り夕食をとった後、余興が始まった。

私たちが村に行っている間、準備は完璧に行われていたらしく、滞りなく余興は進んだ。

演奏や、魔法を使った演舞が個人的には良いと思った。リシアはどの余興も興味深そうに見ていたので、成功と言っても良いと思う。

余興が終わるとあとは寝るだけだ。

ちなみにリシアは予想通り明日の朝に帰るらしい。

明日は朝食をとったあと、帰り際に贈り物を贈呈する。喜んでもらえればいいが。

昼のデートは失敗したが、リシアは特に気にしていなかったし、何とか今日は大きな問題も無く終われたと言っていいだろう。

リシアの人格や考えは全く摑めなかったという小さな問題はあるが。政治、野心の高さから考えて、ただの良い子でない可能性はやはり高い。まあ、会うのは今日だけではないだろう。何度か会って彼女の内面を正確に知れれば良いと思う。

私は自室で寝るためにベッドの羽毛布団をめくった。

その瞬間、私はギョッとした。

布団の中に誰かいたのだ。

最初は双子のどっちかの悪戯かと思ったが、よく見ると違う。

金髪で、体格は十歳前後……。

いや、この子って……。

「どうでしたか、アルス様？」

間違いなく、リシアだった。

何でここにいるのかも、質問の意味もわからず私は混乱する。

「驚きました？」

「お、驚いたが……」

「ですよね。目を見開いてお可愛いお顔をしておりましたわ」

とリシアは笑みを浮かべながらそう言った。

初めて会った時から浮かべていた人受けの良さそうな笑みではなく、今は小悪魔を思わせるような意地の悪い笑みだった。

はっきり言って何のつもりか分からない。

どういう対応をすればいいのか、頭をフル回転させて考える。今日はもう安心して寝るだけと思っていただけに、とんだ誤算である。

「えーと、ここはリシア様の寝る部屋ではありませんよ？　もしかして家臣が間違えて案内してしまったでしょうか」

「違いますわ。ちゃんと部屋には案内してもらいました。そのあと抜け出して来たのですわ」

私の部屋自体に鍵はかかっていないので、入るのは可能だ。部屋の場所は誰かから聞いたのだろうか？　まあ、夜に少しだけ顔を見たくなったと言えば、教えてくれるだろう。

「なぜこんな事を？」

「アルス様は常に冷静なお方で、滅多に表情をお変えにならないので、驚いたらどんな顔をするのか、知りたかったのですわ」

説明になってない気がするのは私だけだろうか。

いや、君そんな子じゃなかっただろ、とツッコンでしまいそうになった。

リシアは私の表情を見て何が言いたいのか察したようだ。

彼女は上体を起こして、ベッドに腰掛けて、

「今日のお昼、本音で話せるような子が好きとおっしゃっておりましたよね？　なので、二人きりでお話ししたいと思いここに来ました。驚かせたのはついでですわ」

そう言って来た。

私はその答えを聞いて、僅かに冷静さを取り戻す。

あの返答には何の反応も示していなかったと思ったが、意外と効果があったのか？

「それは……私も歓迎すべき事ですね。リシア様の事をもっとよく知りたいと思っていましたから」

相手から本性を晒《さら》してくれるというのは、歓迎すべき状況ではある。なぜその考えに至ったのかは分からないが。

さっきまでのやりとりで、昼間はリシアは、計算で自分をよく見せていたという考えに、間違い

はなかったということは分かったが。

「あら、そう言われると何だか照れますわね。わたくしもアルス様の事はもっと知りたいですわ。例えばわたくしの事をどう思っていらっしゃるのかとか」

「どう……とは？」

「わたくしは、他人の顔色を見れば、相手がどのような感情で自分を見ているのか、何となく分かるという特技があるんですの。アルス様がわたくしに会ったときに見せた感情は〝疑念〟でしたわ」

他人の顔色を見れば、自分がどう思われているのか、何となく分かる。

私の鑑定に近い能力か？

そんな力を持っていたのか。

ということは今の今まで疑い続けている事は、彼女には完全にバレていたという事なのか。

「初対面で疑われる事は、まあ、ありますわ。警戒心の強い方もおられますので。それでも大体数分話せば、警戒心を解くことができます。しかし、アルス様は数時間一緒に喋り、さらに問題の解決に手を貸してあげたにもかかわらず、疑いが浅くなるどころか、深くなっていきましたわ。そして、最後にわたくしの本音を聞きたいとお尋ねになりました。アルス様はわたくしの何をお疑いになられているのですか？」

そう語るリシアの表情には、焦りや苛立ちを感じているように思えた。私が思い通りに感情を動かさないことに、苛立っているようだった。

自分の会話スキルで、今まで色んな人から好かれて来ただけに、私のようなものが出て焦りを感じているのだろう。だから自分の本性を晒すというリスクを負ってまで聞きに来たのか。

これは私の想像だが、ベッドに入って脅かしたのも、その苛立ちを少し晴らすためだったのかもしれない。

「リシア様、私には他人の能力、適性、そして野心を推し量るという力があります」

ここは思い切って話すことにしてみた。リシアが自分の事を話してくれたのに、私だけ黙っているのはフェアではないと思ったからだ。

彼女がこれから私の妻になるというのなら、教えておいても損はないだろう。

リシアは信じているのか分からないが、少し驚いたような表情をしている。

「リシア様には通常の人間を遥かに上回る野心と、高い政治の才がありましたので、その行動全てがもしかしたら計算によるものであると疑っていたわけです」

「…………」

私の話を聞きしばらくリシアは沈黙する。

「……その力、疑う余地はありませんわね。わたくしに野心があるというのは、本当の事ですもの」

「どんな野心をお持ちなのですか？」

「女が持つ野心なんて、地位と才能のある男に見初められる、以外には存在しませんわ」

存在しない、というのは言い過ぎだろうが、大体はそうであろう。

「では、私のような男と結婚するのは、嫌なのでしょうか？」

「そうですね。実はここに来る前までは、最後には破談になるようにしようと考えていましたわ。

でも、ついさっきアルス様から話を聞いて、考えを変えました」

「なぜです？」

「アルス様は確かに今は弱小領主の後継に過ぎませんが、あなたの持つ力は、これから立場をどんどん上げていくと確信いたしました。今はわたくし、アルス様と婚姻したいと思っておりますわ」

何とも現金な理由で婚姻をしたいと言ってきた。

私も本音をいう子が好きであるとは確かに言ったが、ここまで曝《さら》け出してくると、少々反応に困る。

「婚姻したいと思ってくださるのは嬉しいです。私も出来れば婚姻したいと思っております」

とりあえずこの場はそう答えておいた。

将来リシアと婚姻するかどうかは、正直悩みどころである。

たぶん私が優秀なところを見せている限りは、リシアは心強い味方になるだろうが、少しでも弱みを見せてしまったら、裏切られる可能性もある。

ただ、成り上がり弱小領主の息子に、そうそう縁談などあるわけもないので、結局リシアとは結婚することになると思うが。

個人的にこういう感じで、腹黒いところのある子は別に嫌いではない。

残念なのは彼女から、私に恋愛感情というものは持たれそうにないという事だな。親同士が決めた結婚とはいえ、出来れば好き同士になった方がいいと思うのだが、リシアは完全に実利主義という感じで、そもそも恋愛感情というものが存在するのかも分からないが。

「そう聞けて安心いたしましたわ。ではわたくしはこれで」

もうちょっと話をするかと思ったが、リシアはさっさと立ち上がって私の部屋を出て行った。

私が疑っていた理由を知れたから、満足したのだろうか。

リシアが出て行って私はほっと一息ついた。

最初はかなり驚いたが、リシアの一面が知れたのは良かった。このまま何も知らないで別れたら、もやもやしたままだっただろうからな。

私は晴れやかな心で、ベッドに寝て布団を被る。

リシアが先ほどまで寝ていたベッドは、女の子のいい匂いが漂っていた。私はその匂いを嗅ぎながら眠りについた。

○

「……ふう」

アルスの部屋を出た後、リシアはほっと一息ついた。

そのあと、リシアは笑みを浮かべる。他人によく見られるために作った笑顔でもなく、アルスに浮かべた意地の悪い笑顔でもない。自然とこぼれてきた笑みだった。

(わたくしったら、何がそんなに嬉しいのかしら)

そう自分に問いかけたが、その答えは知っていた。

アルスに婚姻したいと言われたのが、嬉しかったのだ。

彼女は自分に向いている感情を推し量る力と、会話をする力、持ち前の愛嬌《あいきょう》で、大概の人間から好意を持たれてきた。

大人だけでなく、同年代の男女問わず好意を持たれてきた。それが当たり前であると思い込んでいた。

そんなリシアは、今日アルスにずっと疑われ続けて、焦りや苛立ち、納得の行かない感情を抱くと共に、心の何処かでアルスに強烈に惹《ひ》かれていた。リシアはまだその感情の正体を知らないのだが、絶対にアルスに自分を好きになってもらいたいと思っていた。

そのため婚姻すると言われたのが、無性に嬉しく感じたのだ。

(婚姻するとは確かに言われましたが、わたくしを好きになったわけではなさそうです。そのうち好きにさせてみせますわ)

本心を晒したため、疑いの念は晴れたが、決して好きになってもらったわけではないと、リシアは思っていた。

彼女は本心を晒す事で好きになってもらえるなど、甘い考えを持っていたわけでは当然ない。むしろ嫌われるだろうと思っていた。それでも疑いを持ち続けられるよりはマシだと思って、思い切って行動に移したのだ。

それを考えると、嫌われていないという事は、そこまで悪い状況ではない。リシアは前向きに捉えていた。

（しかし最初のアレは失敗でしたわ。何とか誤魔化しましたが……）

最初のアレとは、アルスの羽毛布団に潜り込んだ事である。

驚いた顔が見たいとあの時は誤魔化したが、実際は違う。アルスが寝ている布団だと思ったら、無性に潜り込んでみたくなったから、潜り込んだのだ。まずいという気持ちはあったが、どうしても抑える事が出来なかったのである。

潜っている最中に、アルスが部屋に入って来た瞬間、リシアは肝を冷やしたが、ベッドに入ってくるまでの間、若干時間があったので、何とか対処方法を考える事が出来たのである。

ちなみに驚いた顔が可愛いと思ったのは、本心である。

リシアは、アルスの布団に潜った時の匂いと、驚いた時の顔を思い出して、再び頬を緩めながら、今日泊まる事になっている部屋へと戻って行った。

○

翌日、リシアは朝食をとって、贈り物を受け取った後、トルベキスタへ帰っていった。

贈り物を受け取ったリシアは、満面の笑みを浮かべて喜んでいた。

とても自然な笑顔で演技だとは思えなかったが、リシアの事なので恐らく無邪気に喜んでみせたのだろう。

リシアが帰ってから数日経過した。

すると、リシアから手紙が届く。

おもてなしに対するお礼や、貰った花はきちんと育てているなどの報告が書かれていた。

礼儀として返答の手紙を書いて、リシアの元へと送った。

それからというもの、やたら早いペースで手紙が届くようになった。内容は他愛のない近況報告から、愚痴みたいなものまである。返答しないわけにもいかないので、全ての手紙に返答をしているのだが、そもそもそんなに書く内容は存在しないので、かなり悩んで毎回手紙を書いている。

リシアはどういうつもりでこんなに手紙を出してくるのだろうか。私の語彙力を試したりでもしているのか？

それとも、意外と単純な理由で、文通をするのが純粋に楽しいと思っているからなのだろうか？

いや、それはないか。

リシアと文通を始めた事以外、特に変わった事はない。特別凄い人材は見つかっていない。そもそも領地が弱小なので雇える数にも限度がある。もうローベントが雇える、ギリギリ限界まで家臣の数は増えていた。

そして、大きな出来事も起きずに一年半ほど過ぎたとある日。

父が病で倒れた。

五章

それは三月四日、秋の日の事だった。

私が十一歳の時の出来事であった。

実は数ヵ月ほど前から、父は咳《せき》をすることもなくなり、元気になった。病気は完治したものであると思っていた。

なので、父が突然倒れたという話を聞いたときは、とにかく驚いた。

朝、練兵場で兵たちに訓練をしていたところ、倒れてしまったらしい。死んではいないようだが、意識を失ってしまったようだ。

「父は大丈夫なのか？　助かるのか？」

原因は不明。父はすぐに屋敷へと運ばれ、ランベルクにいる医者を呼び治療にあたらせた。

私は医者に、父の容体を尋ねた。

目の前にはベッドで横になっている父がいる。

「今のところ命に別状はありませんが……かなりの高熱があるみたいですね。うーんこれは……ちょっと前までレイヴン様は体調を崩されておりましたよね……長い病だと思っていましたが、治ったみたいで安心していたのですが……どうやらこれは……」

医者は少し暗い顔で呟《つぶや》く。

「父の病気は治っていなかったのか？」

「ええ、恐らくレイヴン様はグライ病という少し珍しい病にかかっております。何が原因で病になるのか分からない謎の病気です。人に移ることはありません。一度かかると、最初は風邪のような症状が続き、それからひとまず症状が治まるのですが、しばらくすると、こうやって突然、高熱を出すようになったり、食欲が急激に落ちてきたり、嘔吐《おうと》や下痢をするようになったり、ほかの病気にもかかりやすくなったりと、様々な症状が出てきます。そして、最終的に死に至る事もあります」

聞いたことのない名前の病気である。

前世でも同じような症状の病気は知らない。まあ、私は病気に詳しくはなかったので、もしかしたら知らないだけで似たような病気があったのかもしれないが。

「治るのかその病気は？」

「治す薬はありません。自然に治るのを待つしかありませんが、ほとんどの場合、治らずに一年以内に死んでしまうようです。レイヴン様は常人より丈夫ですので、普通の人より生き延びる可能性は高いと思いますが……」

「…………」

死ぬ。

父は死んでしまうのか？

私は激しく動揺した。

いずれその時が来るとは思っていたが、いくらなんでも早過ぎはしないだろうか。

「とにかく普通の病を治す時のように、絶対に安静にしておけば、まだ持ち直す可能性もあります。レイヴン様は働き者であられますが、働こうとされても絶対に周りが止めて、寝かせておいて下さい。そうすればもしかしたら、治って死なずに済むかもしれません」

医者は、精のつく食べ物を教えてくれたり、薬草を煎じたりしてくれたあと、帰っていった。

安静にしていれば治るかもしれない、か。

きっと治るだろう。

父は誰よりも丈夫な体を持っている。病などには負けたりしないはずだ。

最近、戦も少なくなってきた。

死ぬかと思われていたミーシアン総督が、奇跡的に回復して、兄弟の争いを止めたからだ。

ちなみに、後継に弟を指名したというのは、本当のことであるらしい。

ただ、今回の件で弟を跡継ぎに指名して、荒れそうだと思ったのか一度白紙に戻した。

もう少し家臣や本人と、長い議論を交わした上で、改めて決めると結論を出したらしい。

とにかくそのおかげで、戦は現状少なくなっている。

戦がなければ、父も安静にしていてくれるはずだ。

私はそう思っていたのだが……。

その日の夜、ミーシアン総督が暗殺されたという、この上なくタイミングの悪い報告を受けた。

翌日、父は目を覚ました。

目覚めたはいいが、あまり元気ではなさそうだった。気怠そうにしていて、熱もまだ下がっていない。病気のことは全部は伝えるとショックを与えるかもしれないので、死ぬ可能性があるということは、現在は伏せておいて、とにかく安静にしているようにと言った。

本人もよほどきついのか、大人しく指示に従った。

「今のレイヴン様にあの事を伝えるのは、やめておいた方がいいかもしれませんね」

「そうだな……」

私はリーツと話し合って、父にミーシアン総督が暗殺されたという件を伝えないことに決めた。

余計な心労をかけて病気が悪化したら不味いからである。

「それで……ローベント家はこれからどうなると思う？」

私はそう尋ねた。

ちなみに今はいつも勉強をしている部屋に、リーツとそれからロセルを呼んで話し合いをしている。リーツは当然として、ロセルも知略が89まで伸び、こういう話し合いでいい意見を言ってくれるようになっている。

「うーん、戦は間違いなく起こると思うよ」

「やはりか」

「だって後継者決まる前に、総督さん死んじゃったんでしょ？　戦わないと決まらないよ」

「リーツもそう思うか」

「はい、戦は起こるでしょう」

やはり、総督がこの時点で死んでしまった＝戦、と見て間違い無いだろう。

「問題はいつ起こるかですがね。ただ死因が暗殺ということだけあって、お互いがお互いを黒幕だと主張して、すぐに戦い始める可能性もゼロじゃないでしょう」

「なるほど……しかし、こんな時期に暗殺されるなんて、誰が暗殺者を差し向けたんだ」

「総督を殺したものを一度は捕らえたらしいのですが、情報を聞き出す前に自害したらしく、誰が黒幕かは謎のままです」

「兄弟のどちらかが犯人なのか？」

「どうだろうね。あくまで現時点では後継者が白紙に戻っている段階だから、暗殺しても意味がない気がする。総督が誰に決めるのか、胸中を誰かに打ち明けていて、それを選ばれなかった方のどちらかが、聞いていたという可能性もあるけど。あと、ほかの州の刺客という可能性もある。総督を殺せばミーシアンが混乱するのは、目に見えていたからね。まあでも、外部から暗殺者を差し出して、暗殺を成功させるなんて、難易度がかなり高いから、それも違うかも知れない」

兄弟以外にも外部犯の可能性ありか。

どちらにせよ、暗殺者が死んでしまった以上、本当のことを知るのは難しいだろうな。

「犯人探しは考えても分からないし、分かったところでどうにもならないので、ここまでにしましょう。問題は戦が起こってから、どうするかです。レイヴン様はしばらく戦に出られるようなお体ではありません」

リーツとロセルには、父の診断結果を話してある。

「リーツが兵を率いるわけにはいかないのか？」

「と、とんでもないですよ、そんなこと。確かに私は以前に比べて、ローベント家の人達にも受け入れられていますが、兵を率いるなんてのは無理です。アルス様が行くしかありません。兵はローベント家に忠誠を誓って戦っております。そのため、レイヴン様かアルス様がいなくては、兵の士気が落ちてしまうのです」

士気、か……やはり父が戦場に出られない以上、私が行くしかないか。

果たしてちゃんとやれるか疑問であるが、やれなければ父が死んでしまう。やるしかないのである。

「まあ、戦う前に、恐らくカナレ郡長から招集がかかるでしょうね。今後カナレ郡全体として、どういう方針で行くのか、決めるための会議が行われるでしょう」

「……それにも父は出ない方がいいな」

「ええ、話し合いだけとはいえ、そもそも移動だけで御身体に障ります。出るべきではないでしょう」

「うーん、会議となるとやはり私が代表として出ざるを得ないだろうな……いきなり出てちゃんとやれるのだろうか……何というかいきなり問題が山積みになってきた……昨日までさほど忙しくなかったのに」

私は思わず頭を抱える。

「が、頑張れ」

「ロセル……やけに他人事だな……」

「え、えーと、アルス様。僕が全力で補佐をしますので。ロセルも他人事みたいに思っていないで、ちゃんとアルス様の手助けをしなさい」

ロセルは頷《うなず》いた。

「それと総督が死んだという情報は、父にはこれから先ずっと一切伝えない方がいいか」

「そうですね……総督が死んだことを伝えると、病気なのに無理してしまわれるかもしれませんからね。医者に言われた通り、安静にしていられるなら、情報がバレることもないでしょうが。仮にバレたときは、かなり怒られるでしょうけどね」

「怒られるくらいなら安いものだ」

父は怒ると確かに怖いが、この状況でそれを怖がるわけにはいかないだろう。

「まずはカナレ郡長から招集がかかるまでは、ある程度時間はあるだろう。それまで私は戦の勉強や、剣術の稽古などをしておかなくてはな」

「はい、教えることならお任せください」

私は、しばらくの間、いつもより多めに勉強や稽古に励んだ。

そして、三月十五日。

カナレ郡長から、至急カナレ城へ来いという内容が書かれた書状が届いた。

書状が届いてから私はカナレの町へ向かった。

同行するものは、リーツとシャーロット、その他、年齢が上の家臣たちだ。

シャーロットは連れて行くべきか悩んだが、どうも戦場での活躍やその摑《つか》みどころのない性格から、他家の者から恐れられているらしい。彼女を従わせているというところを見せることにより、他家から認められる可能性が高まるということで、連れて行くと決めた。

ちなみに返答の手紙は出していないので、向こうは私が来ることを知らない。

至急集まれと書状に書いてあったので、受け取ったあと、すぐにカナレに向かった。そのため、返信を出している時間などなかったからだ。

カナレの町に到着し、城郭に囲まれた区画へと入る。

その中を進み、城の門まで到着した。

そこで門番に止められる。

「この先はカナレ城。郡長様がお住まいになっている場所です。許可のないものを通すわけにはいきません」

許可証などは貰《もら》っていない。

どういうことだ？

「レイヴン様は顔が知られていますので、そのまま通る事が出来ましたが、アルス様では厳しいですね……」

「何と。通れないのか？」

「いえ、こちらにも、名の知れたシャーロットと、それから私もそれなりに知られてはいるのですが、門番の人は知らないみたいですね。城から誰か重臣を呼んできて貰えば、通れると思います」

私はリーツのアドバイス通り、

「私はローベント家の嫡男の、アルス・ローベントだ。訳あって父レイヴン・ローベントが来れないので、嫡男の私がルメイル・パイレス様の招集に応じてここに来た。疑うのなら一度城に私の話を伝えて、誰か重臣を連れてきて確認させてくれ。私は知らずとも家臣たちは知っているだろう」

そう言った。

門番は私の言葉を聞いて、少し困ったような表情になる。対応に戸惑っているみたいだ。外見的にまだ若いので、どうすればいいのか分からないのだろう。

すると、少し年配の兵がやってきた。

門番はその兵に事情を伝えると、その年配の兵がこちらを確認してきた。

その瞬間、目を丸くして、

「あ、あれは！　ランベルクの青い死神!!」

そう叫んだ。

シャーロットを見ながら言っているようだ。

「その呼び方、可愛くないからやめてほしい」

不愉快そうな表情でシャーロットは呟く。

そんな物騒な二つ名がついていたのか。初めて聞いたぞ。

「そ、それにあっちのマルカ人は、ランベルクの残酷鬼！」

今度はリーツを見てそういった。

「残酷なのか？」

「……いや……特別残酷な真似をした覚えは……まあ、戦場なので殺傷はしていますが。不本意な呼ばれ方ですね」

リーツも不満顔である。

そのあと、二人を従えている私がローベント家の嫡男であると、分かってくれたみたいで、城の入り口まで案内してくれることになった。

カナレ城は古い城で、大きな城ではなく小さめの城である。城と聞いてイメージする豪華絢爛《けんらん》さとは無縁の城であった。

城の入り口まで行くと、中年の男が入り口の前に立っていた。見るだけで高価と分かる衣装を着ている。パイレス家の家臣だろうか。それも結構立場が上の。私たちを案内している兵士が、「少しお待ち下さい」と言って、その男に話しかけに行った。

話をした後、その中年の男が慌てて私たちの元に駆けて来て、

「レイヴン様がご病気になったとは本当ですか⁉」

と尋ねてきた。

「本当ですが、あなたは？」

「ああ、失礼しました。初めましてアルス・ローベント様、私はパイレス家、家臣の一人である、

「メナス・レナードでございます」

やはりそうだったか。

私は鑑定をしてみる。

メナス・レナード　40歳♂
・ステータス
統率　71/71
武勇　70/70
知略　75/77
政治　78/78
野心　25

・適性
歩兵　B
騎兵　B
弓兵　A
魔法兵　C
築城　B
兵器　D
水軍　D
空軍　D
計略　B

中々の能力値だな。ずば抜けて優れた点はないが、どれもそれなりに優秀な値である。

適性も戦闘系は大体Bで得意としているようだ。

「すでに聞いているようですが、アルス・ローベントです。父の代理できました。後ろの者たちは私の家臣です。一人では心許ないので同行させました」

「ああ、見たことありますよ。戦場で一緒に戦ったこともありますね」

リーツは「はい」と言いながら頷いたが、シャーロットはピンと来ていないようで、首を傾げている。

メナスは地味な顔立ちをしているので、覚えられないのも仕方ないかも知れない。失礼なのは間違いないが。

メナスはシャーロットの態度を気にする様子はなく、話を始めた。

「レイヴン様がご病気になられるとは……どんな病気なのでしょうか？」

「医者の話では、グライ病だと……」

「グ、グライ病⁉　そ、それではもしや、戦に出れぬ状態なのですか⁉」

病気の知識があったのかメナスは驚愕《きょうがく》した。

「ええ、医者には安静にしているべきだと言われました」

「何と……こんな時に……これは非常に痛いですぞ……ルメイル様も嘆かれることでしょう……」

メナスは非常に落胆した様子だ。

「と、とにかくルメイル様の元へとご案内致します。まだほかの領主様たちがお越しになっていないので、ルメイル様からの話は、全員がお集まり次第致しますが、まずは一度お会いになってください」

「分かりました」

私たちは郡長ルメイルがいる場所へと、案内された。

メナスに付いていくと、豪華な扉の前についた。

「少々ここでお待ちいただけますか？」

そう尋ねてきた。私は「はい」と頷く。

私の返事を確認すると、メナスは扉の中に入っていく。

数秒後、

「何⁉　それは真《まこと》か⁉」

という叫び声が聞こえてきた。

その後、慌てたようすでメナスが出てきて、

「皆さま、お、お入りください」

部屋に通された。

すると、髭面《ひげづら》の男が私に駆け寄ってきた。

「君がアルスか！　レイヴンが病に倒れたというのは本当か⁉」

「え、ええと、本当です」

男の勢いに私は少し押されてしまう。

「あ、すまない。わしはルメイル・パイレス。この城の城主であり、カナレ郡の郡長を任されている男だ。アルス、まだ幼い頃会ったことがあると思うが、覚えているか？　随分、大きくなったな」

「はい、覚えております」

だいぶ昔のことなのでうろ覚えだが、確かに見覚えがある。その時はもうちょっと若かった記憶がある。

鑑定もしたはずだが、覚えていない。結構優秀だった気がする。

私はルメイルを鑑定してみた。

ルメイル・パイレス　44歳♂
・ステータス
統率　67/68
武勇　86/86
知略　56/56
政治　72/73
野心　31

・適性
歩兵　B
騎兵　C
弓兵　C
魔法兵　D
築城　D
兵器　D
水軍　D
空軍　B
計略　D

武勇が高いし、ほかの能力もどれもそれなりにある。郡長としての器があると言っていいのかどうかは分からないが。

「お主の父がかかった病は、グライ病で間違いないのじゃな……実はほかでもないわしは妹をグライ病で亡くしておる。であるから、あの病気の恐ろしさはよく知っておるのだ。レイヴンは今は安静にしておかねばならないであろうな……」

身内がグライ病にかかっていたのか。

医者は珍しい病気だと言っていたから、メナスが知っていることに、少し違和感があったが、それならおかしくないか。

「まだ十歳やそこらで、父の代理にここまで来たのは、誠《まこと》に立派なことである。良い後継がローベント家にいるようだな」

ルメイルは私に微笑みかけながらそう言った。

「ほかの領主たちがまだ来ておらんから、しばらく待っていてくれ。メナス、アルスたちを部屋へと案内するのだ」

「はっ」

メナスは返事をしたあと、「それでは付いてきてください」といい、私たちを待つための部屋に案内した。

それなりに広い部屋で、ソファやイス、ベッドなどが置いてあり、寛げるようになっていた。

「郡長殿の話とは、やはり今回の戦で兄弟のどちらかにつくかということだろうか」

「そうでしょうね。恐らくどちらにつくか、ルメイル様の腹は決まっていて、それを伝えるために呼んだのでしょう」

恐らく兄の方につくという話をするのだろう。

意見を求められる可能性もあるが、その際は特に何も言えないな。今の私の持っている情報で、兄と弟のどちらについた方が得か損か、分からないからな。

しばらくすると、メナスが部屋に現れて、

「ほかの領主様たちが来られたので、ルメイル様がお話をされます。私について来て下さい」

そう伝えてきた。

「分かりました」

私たちはメナスのあとについていく。

城の大広間に案内された。

真ん中に円卓がある。その円卓にはすでに二人の男が座っている。私以外のカナレ郡の領主だろう。円卓の周りには領主たちの家臣と思われる人たちが、直立不動だった。

カナレはランベルク、トルベキスタ、クメール、そしてカナレの四つの領地で構成されている。領土の大きさと領民の多さは、カナレ＞＞＞トルベキスタ＞クメール＞ランベルクという感じだ。郡長が直接治めるカナレが一番広く、一番人も多い。ほかはランベルクが一番小さいとはいえ、どこも大きな違いはない。

「初めましてアルス・ローベントです。ランベルク領主、父レイヴンの代理で来ました」

私はほかの領主二人に挨拶をした。

「初めまして、私はトルベキスタ領主のハマンド・プレイドだ。この前は娘がお世話になったようだね。娘も喜んでいたよ」

最初に金髪の男がそう言った。

彼がリシアの父親だ。どことなく似ている気がする。

「おもてなしを喜んでいただけたなら、こちらも嬉《うれ》しい限りです」

「しかし、レイヴンが病で倒れたって？　あの殺しても死なないような男が。まあ、奴なら病も吹き飛ばすだろうから、そこまで心配はしていないけどね」

ハマンドは父のことを心配はしていないようだ。父と仲が良く、よく知っているからこそ、病気で死ぬとは毛の先ほども思っていないようである。

「わしも初めてじゃな。クメール領主、クラル・オルスローじゃ。レイヴンが来れぬとなれば、痛手になるのう」

初老にさしかかった男がそう言った。

この二人の領主のことはきちんと知っておかなければな。早速鑑定を使ってみようと思ったその時。

ルメイルが姿を現した。

領主たちは席から立ち上がり、ルメイルに向かって頭を下げる。私もそれを真似した。

「頭を上げよ」

そう言われて、私は頭を上げる。

そして、ルメイルが席に座ってから、私を含め領主たちは席についた。

「よく集まってくれた。今から話すことはほかでもなく、総督様が暗殺されたことで戦が起きた場合、兄のクラン様に付くか、それとも弟のバサマーク様に付くか、ここで私の意思を示しておきたい」

話は予想通りだった。

どちらにつくかも予想通りで、兄のクランに付くと、ルメイルは明言した。

事前に決めていた通り、私は特に異議は申さずに賛同した。ほかの領主たちも反対するものはいなかった。

「そうか、今話すことはこれ以外にはない。各々来るべき戦のために、戦力を整えておいてくれ」

これだけだったのか。

それだけ言うために集める必要があったのかと思うが、重要なことなのでどうしても直接同意を得たかったのだろう。

私たちはルメイルに了解の返事をして、今日の話は終わった。

郡長からの話が終わった後、私たちは一晩城に宿泊した。

ちなみにハマンドとクラルのステータスを鑑定してみたが、どちらも特に優れたステータスではなかった。

翌朝、帰り支度を整えて、城を出ようとすると、

「アルス、少しいいかい」

ハマンドに声をかけられた。

「はい、何でしょうか？」

「実は娘について聞きたいことがあるんだ。最近少し機嫌が悪いようでね。君はリシアと頻繁に手紙のやり取りをしているようだが、何か原因に心当たりはないかね？」

機嫌が悪い？

残念ながら心当たりはない。

最近届いた手紙の内容も、いつもと変わらない感じだったはずだ。

……いや、待てよ？

手紙は確かに読んだし、内容に違和感を感じることもなかった。

しかし、手紙を読んだあと、私は返事を書いただろうか？

……書いていない気がする。

返事を書こうと思っていた時、ちょうど父が倒れたり、総督が暗殺されたりと、色々あったので、すっかり忘れてしまっていた。

確かに忘れてしまったのは、失礼だったと思うのだが、リシアがそれで周りから分かるほど不機嫌な態度を取るものだろうか？

まあ、もしかして案外私との文通は、心の底から楽しんでいたという可能性もあるか。

それなら不機嫌になっていても不思議ではない。

私は手紙の返事を出し忘れていたということを、ハマンドに話した。

「あー、それはいけないかもね。娘は君から返事が来るのを、毎回凄く楽しみにしていたからね。色々あって忙しいとは思うけど、出来れば返事を出してやって欲しい」

ハマンドが言っているのだから、かなり楽しみにしているというのは、間違いないのだろう。

悪いことをしてしまったな。

「分かりました。帰ったらすぐに書いて出します」

「よろしく頼むよ」

そこで会話は終わり、ハマンドは去っていった。

私たちは城から出て、急いで屋敷に戻った。

○

屋敷に戻ると、リシアからの手紙が届いていた。

内容は、

『アルス様、長らくお返事いただけないのですが、何かあったのでしょうか？　わたくしに至らぬ点があったでしょうか？　仮にあったのなら教えて下さるとありがたいです』

と書かれていた。

罪悪感が心を抉《えぐ》ってくるような手紙だった。

彼女の本性を考えると、本当にここまで健気に思っているのかは疑問であるが、それでも罪悪感を感じずにはいられなかった。

私はすぐに、

『リシア様は悪くありません、最近父が倒れたり総督が暗殺されたりなど色々あって、返事を出すのをすっかり忘れてしまっていました。申し訳ありませんでした』

と謝罪の念を込めた手紙を出した。

そのあと、ロセル、リーツを勉強部屋に集め、改めてこれからの方針について話し合うことにした。

「さてこれからの方針だが、やはり郡長の言った通り、まずは軍備をより整えた方がいいだろうか」

「軍備は整えるべきですが、これ以上兵を増やすのは難しいのが現状です。兵の練度を上げることは出来ますが、数が増えないことには劇的な戦力アップにはつながらないでしょう」

「それもそうか」

「レイヴン様が回復される前に戦が起きた場合、アルス様が兵を率いる事になると思うので、やはりまずはアルス様ご自身が兵の指揮をとれる事が肝要かと。数は少なくなりますが、兵を率いての模擬戦をするのもよいかと思います」

模擬戦か。

実戦とは違い、命のやり取りはしないだろうが、やった方がいいだろうな。

いざというとき慌てないようにするためには、模擬戦でも戦をするという経験を積むほか、方法はないだろう。

「ロセルからは何かないかい？」

「うーん、郡長は兄の方につくって明言したんだって？　その兄は弟に勝てそうなのかな？」

「現状持っている情報では判断しかねる」

「そっかー。でもそれじゃあダメだと思うよ。この戦で負ける方についちゃったら、下手したら弱小で成り上がりのローベント家は、潰されちゃうよ。確実に勝てる方につかないといけない」

「……それはそうだな。しかし郡長殿が決めたことに逆らうわけにはいかないだろう」

「仮に兄がダメだと分かったら、弟に鞍替《くら》えするよう説得して、それで駄目だったら裏切ることも考えないといけない」

「裏切り……」

まさに戦国大名のようなことをしなくては、この先、生きていけない可能性があるというわけか。

「今、俺たちに足りないのは情報だよ。情報がないと、どんな戦術も戦略も立てられない。今からでも何とかミーシアン全土の情報を積極的にかき集めるべきだよ」

「具体的にどうやるべきか」

「……誰かに情報を集めさせるとか？　兵士を使って」

「それで上手くいくか？」

「うーん……」

ロセルと私が悩んでいると、

「情報収集ならうってつけのものがいますよ。『シャドー』という傭兵団《ようへいだん》です。影魔法を得意とし、情報収集、工作行為などを得意としています。金を出せば雇えますが、決して少額ではありませんよ」

「傭兵か……流石に父に黙って傭兵を雇うのはまずいだろう。それは父の体調が回復してから考えるべきだな」

「それもそうですね」

ただ、情報収集を専門とする傭兵がいると知れたのは収穫だった。情報こそもっとも重要であるという考えは正しいと思うからな。

「傭兵は雇えないが、情報収集が上手そうな兵士を何人か選抜して、ミーシアン各地に派遣しよう。やらないよりかはマシなはずだ」

「分かりました」

今日の話し合いで決まったことは、模擬戦の練習をやるということと、情報収集をするための兵士をミーシアン各地へと送り込むの二つだ。

数週間後。

再び予想外の事態が起きた。

○

数週間、私は模擬戦を行ったり、兵士たちの中から、密偵に向いていそうなものを選抜していた。

模擬戦は、正直上手くいかなかった。

戦の勉強はある程度したのだが、実際に兵を率いるのにはそれほど役に立たないことも多い。

私の場合、兵を率いるのには乗り越えなければいけない壁がある。それは怯《ひる》まないようになることである。

模擬戦とはいえ、戦う気満々で突撃してくる兵士たちを見ると、どうしても怯んでしまう。

そうなると冷静に兵に指示を送ることなど、とてもじゃないができない。

模擬戦で怯んでいては、実戦時などとてもじゃないができない。正直先が思いやられる。

それと情報収集をする者の選抜だが、これには私の鑑定がそこまで役に立たないので、難航した。

適性に『情報収集』という項目は存在しないし、どのステータスが高ければ向いているのかも分からない。

武勇と知略が高いものが得意なような気がするので、なるべくその二つが高いものから選んだ。

選んですぐに行かせることは不可能なので、今はリーツに訓練をさせている。彼は傭兵時代、密偵のようなこともしていたので、ある程度その手の知識があるようだ。

そして四月五日。

「よし、もうそろそろ私も活動再開していいだろう」

「まだ安静にしていてください！」

「むぅぅ」

父の容体がだいぶ回復してきた。

それでも安静にしておかないと、再発してしまう恐れがあるので、安静にするように言っているのだが、元々じっとしているタイプではないため、今にも活動したくて仕方ないようだ。

今のところは何とか止める事が出来ているが、いずれ我慢の限界が来ないか心配である。

父を大人しく部屋に寝かしたあと、私は自分の部屋に戻る。

昨日模擬戦を行い、体がだいぶ疲れている。今日は休むと決めていたので、ゆっくりと自室のベッドで休憩をしておこう。

その部屋に戻る途中。

「アルス様！」

リーツが慌てた様子で声をかけてきた。

「何だ。今日は休むと決めた日なのだが」

「分かっておりますが、至急お耳に入れなければならない情報がございます」

「何だ」

「サイツ州がカナレ郡に軍勢を向かわせているらしいのです」

「な、何？」

私は動揺する。

サイツ州は、ミーシアン州の西隣にある州である。カナレ郡はそのサイツ州との州境にある。

兄と弟の争いに目を向けすぎていて、それ以外の敵を忘れてしまっていた。

総督が死んで州内に統一感がなくなっている今、ほかの州からすれば侵攻するには絶好のチャンスではないか。

「敵はクメール領を目指して侵攻してきているらしいです。到着するのは四日後かと。至急出陣するようにと、カナレ郡長から書状が届きました」

クメールは丁度州境の辺りにある領地で、私の住むランベルク領はカナレ郡内ではサイツ州から一番遠い場所に位置する。

それでもほかの領地が侵略されていけば、いずれランベルクも侵略される。仮に命令されていなかったとしても、出陣はしなければならない。

父は容体がだいぶ回復してきたとはいえ、戦に出すのはまずいだろう。

つまり思いがけず、初陣に出る日がやってきたというわけか。まだ模擬戦でも怯《おび》えているような状況で、初陣を行う羽目になってしまった。

そう考えると、緊張感が高まり、私の心臓の鼓動速度が急激に高まり始めた。

何とかその緊張をリーツに悟られまいと、表情を変えないように努めた。

「分かった。出陣しよう。兵は私が率いる」

「……はい」

リーツは返事に少し間を空けた。

今の私では力不足だと思っているが、この状況では反対も出来ない。そんな複雑な心境でいるのだろう。

その後、兵に出陣の準備をさせるため練兵場に向かう。

途中リーツから敵の戦力を聞いたが、書状に具体的な数は書いていなかったそうだ。大軍が来ていた場合はひとたまりも無いだろうが、サイツ州もサイツ州で完全に州内がまとまっているわけではないので、そこまで大軍は来ないと予想している。

仮に大軍が来た場合は勝てないだろうから、援軍を要請することになるだろう。来るかは分からないが。

練兵場に到着。

これから戦だと告げて、準備を始めさせた。

練兵場にいなかった兵たちも、呼んでこさせて兵たちを全員集合させる。

シャーロットは休みの日でさっきまで寝ていたのか、半分寝ている状態になっていた。

完全に集まったら、私は兵たちの前に立った。出陣前に士気を上げるため、何か言ったほうがいいだろう。

兵たちの前に立つと、これから初陣に行くということが現実として感じてきて、緊張感が増してきた。

一度深呼吸をして、緊張を抑える。

そして私は、大声で兵たちに話を始めた。

「これからカナレ郡を守るための戦に行く！　私は……」

そこまで言った時、私の言葉は空気を震わすような大声に遮られた。

「待て‼」

父の声だ。

私は驚いて声の聞こえた方に視線を向ける。

父が凄まじい威圧感を放ちながら、こちらに近づいてきて、

「アルス、お前にはまだ早い」

そう言った。

「ち、父上……」

「アルス、お前たちが何か隠していたことは知っていた」

父は私の目を見ながら、こちらに向かって歩いてくる。

「大方、ミーシアン総督に何かあったのだろうと、想像はついていた。ただ安静にしていなければ、死ぬ可能性もあるだろうし、お前の成長につながるかもしれないと思い、今までは大人しくしておいたのだ。だが、今のお前を戦場に行かせるわけにはいかん。カナレ郡の存亡がかかっているとなれば、尚更だ。ここは私が行く」

そういう父は、決意を持った者が浮かべる表情をしていた。自分が戦場に行くという結論は絶対に変えないという意志を感じる。

しかし、ここで父を戦場に行かせて病気が悪化したら、洒落《しゃれ》にならない。死んでしまうかもしれない。

「父上は今病気になっておられます。戦に出ることはなりません」

「病気ならだいぶ良くなった。今の状態なら戦に出ても大丈夫だ」

「悪化したらどうしますか。死ぬかもしれませんよ？」

「私は死なんよ。それに仮に死んでも、カナレ郡を、このランベルクを、守れるために死ねたら本望である」

どう説得するべきか。父は絶対に戦に出る気でいるぞ。

確かに容体は良くなっているようなので、今戦に出ても死なない可能性もある。

しかし、悪化して死んでしまう可能性も当然ゼロではない。全く知識のない病気なだけに、慎重に考えないといけない。父を死なせるわけにはいかないのだから。

どうにかして説得しなければならない。

父は私が兵を率いるのは、力不足であると思っているから止めに来たのだ。事実ではある。しかし、ここは何としてでも私が兵を率いても大丈夫であると、思わせなければならない。

「レイヴン様、アルス様は……」

リーツが話し始めると、

「お前は黙っていろ！」

父が一喝した。そう言われると、リーツも口をつぐむしかない。

「父上、私は模擬戦で戦の練習をしておりました。確かに実力はまだないですが、必ずや勇敢に戦ってみせます！」

「その模擬戦で、上手く戦えたのか？　戦えておらんだろう。見てはいないが私には分かるぞ。アルス、お前はまだ戦士の顔になっておらん」

「…………」

戦士の顔とは何だ。歴戦の戦士である父には分かるものなのだろうか。

「……そうだ。テストをしてやろう。病気になってすっかり忘れていたことがあった。グラー、牢《ろう》に入れたあいつは、まだ生きているか？」

父はグラーという年輩の兵士に尋ねた。

「え、ええ、一応生かしておりますよ。レイヴン様の命無しで処刑するのはまずいですから」

「今からやる。連れてこい」

「へ、へい！」

グラーは急いで牢に走って行った。

父は何をしようとしているのだろうか。テストとか言っていたが。

しばらくして、グラーが手錠を嵌《は》められた汚らしい格好の髭の男を連れてきた。

「あの男は?」

「あいつはバラモーダ。村で殺人、強姦《ごうかん》、盗み、多くの罪を重ねた極悪人だ。病気で倒れる前に捕まえた。牢にしばらく放り込み、処刑するつもりだったが、病気になったせいですっかり処刑するのを忘れてしまっていた。今からそれを行う。お前はそれを見ているのだ」

「それがテストですか?」

「ああ、ただし見る際には、全く心を乱さず、冷静さを保つのだ。目を逸らしたり、目を瞑《つむ》ったり、震えたり、吐きそうになったりと、動揺を露わにしたら失格である。戦場では他人の死は当たり前のようにあることだ。それに動揺するようでは戦場に行く資格はない。兵の統率力や、戦闘の力量以前の問題である。こいつの死を見て動揺しなければ、お前を一人前の男であると認め、私は今回の戦では、お前に指揮を任せ屋敷で大人しくしていようではないか」

「…………」


人の死を見て動揺するな。

出来るだろうか。この私に。

今まで戦場に行かずに育ってきた私は、人が殺される場面など見たことはない。

前世で死体の画像は興味本位で見た経験はあるが、画像だったが吐き気がして、二度と見ないと決めていた。

そんな私が、今から人が処刑される場面を見て、冷静さを保つことなど出来るのか？

処刑の準備は淡々と行われていく。

木の断頭台が置かれ、そこにバラモーダの頭が置かれる。バラモーダは暴れて抵抗するが、兵士たちが押さえて動けなくなる。

そして、兵士が鉄の斧《おの》を持ち断頭台の横に立った。

「罪人バラモーダの処刑をレイヴン・ローベントの名の下に執行する」

父がそういうと、兵士が鉄の斧を振り上げて、バラモーダの首に一直線で振り下ろした。

大量の血がバラモーダの首から吹き出して、頭部が地面にコロコロと転がった。

私はその凄惨な光景を見て、激しく動揺し心臓の鼓動が速くなった。

この動揺を父に悟らせるわけにはいかない。

私は何とか無表情を貫いて、バラモーダの頭部を見続けた。

バラモーダの顔がちょうど私の方を見る形で、止まった。その生気のない表情が、私の目に飛び込んできた。

それを見た瞬間、動揺は頂点に達し、強烈な吐き気が襲ってきた。

我慢できない。

吐きはしなかったが、えずいてしまった。

「失格だな」

父は冷静な表情でそう告げた。

「別に恥ずかしいことではない。誰でも最初はそうなる。私もそうだったからな。ただ、この程度で動揺するものに、実戦の指揮は取れん。今回はやはり私が行く」

「…………」

「お主は大人びたところはあるがまだ子供なのだ。戦場はまだ早い。何、心配するな。私は死にはしない」

違う、私は中身は中年男で、子供などではない。そう叫びたかったが出来なかった。

人の死に対する耐性という意味では、平和な環境で育った私は、子供と同レベルだったからだ。

私はそれ以上何も言えず、父を止めることは出来なかった。

その後、父は戦場へと出発し、私は屋敷で報告を待つ事になった。

戦の経緯は、リーツが随時書状を送ってきてくれたため、屋敷にいた私もある程度把握していた。

敵軍は太刀打ちできないほどの大軍というわけではないが、カナレ軍よりも一・五倍ほどの規模らしい。

苦戦が予想され、実際に序盤戦は厳しかった。

しかし、最終的に父率いるローベント軍が大活躍をして、敵を追い返す事に成功したようだ。

戦は四ヵ月ほど行われ、終わって父たちが帰還したのは、私の十二歳の誕生日が過ぎた四日後の八月十二日だった。

父は屋敷に戻ってすぐくらいは、何ともなさそうにしていたが、五日後くらいに突如病気が悪化した。

寝込みがちになり、咳も止まらなくなり、食もどんどん細くなっていった。

食べないため、体型の維持が出来ず時間が経つにつれ、徐々に痩せ細っていった。

そして一ヵ月ほど経ったとある日、遂に医者からもう良くなることはないと宣告を受けた。いつになるかは分からないが、そう遠くないうちに死んでしまう日が来る、との話だ。

父がこうなった責任は私にある。

あの時、私が戦場で兵を率いることが出来ると、父を納得させることが出来たのなら、父は屋敷で安静にしており、病気が悪化せずに済んだのかもしれない。

私は何とかしようと、ほかの医者も探し出して父を診せた。

しかし、どの医者に見せても答えは同じだった。

私は諦めきれず医者を探した。

前世の記憶がある私にとって、父を本当の父として見れたということはないかもしれない。

それでも父がいなければ今の私がないことは事実だ。父がいなければ、当然生まれてこれてもいないだろうし、ここまで不自由なく生活できているのも、父のおかげである。

私のせいで父が死んでしまうなど、絶対にあってはならないことであった。

「またダメだったか」

現在十一月二日、夏が始まった頃。

隣の郡から連れてきた医者に、もう手の施しようがないと宣告された。

「もうちょっと大きな町まで行ったほうが良さそうだな。リーツ、次はミーシアンの州都アルカンテスまで赴き、医者を探そうではないか」

医者は家臣に探しに行かせているのではなく、自分で行っていた。

医学を修めているものは、高確率で知略が高いため、私が行ったほうが藪《やぶ》医者をつかむ危険性が低くなるためだ。

「アルス様……」

私の提案を聞いて、リーツは何か言いたそうな表情を浮かべる。

「どうした？」

「アルカンテスは、ここより非常に遠い場所にあります。往復で二十日はかかります。現地で医者を探している時間などを考えると、さらに戻ってくるまで時間を要するでしょう」

「そうか。しかし、多少遠くても父のためなら何てことはない。ただ長く屋敷を空けるのは不安だから、今回はお前は残ってくれ。誰か護衛にはロセルの兄二人や、シャーロットを連れていけば大丈夫であろう」

「そうではありません。時間がかかるということは……その……あの……」

リーツが言いにくそうにしている。

「言いにくい事なのか？　遠慮せずに言っていいぞ」

「……探すのに時間をかけすぎると、その時が来たら、アルス様はレイヴン様の最期を看取れなくなるかもしれません」

それを聞いた時、私の心臓が跳ね上がった。

気付いていたが、考えないようにしていたことだった。

現在の父はすでに面影がなくなるほど痩せ細り、顔には死相が見えている。意識もなかったり、あってもまともに会話が出来なかったりする。それこそ明日死んでも不思議ではないという状態に見えた。

「……私に諦めろと言っているのか？」

「……レイヴン様の最期を看取れなかったら、きっと後悔なされると思います。アルス様、よくよくお考えになって、医者探しはお決めになってください」

「…………」

私はリーツのその冷静な言い方に、無性に腹が立ってしまった。

リーツは悪くない。彼は現実を正確に見て、私の事を考えて意見を述べているだけである。悪いのは現実の見えていない私の方である。

分かっていて、それでも苛立ちは抑えられない。

このままではリーツにひどい事を言ってしまいそうである。

私は頭を冷やすため、無言で自分の部屋まで帰ろうとする。

すると、

「アルス様！」

と屋敷の使用人の一人が、声をかけてきた。父の看病を任せていた使用人である。

「どうした」

「先ほどレイヴン様がお目覚めになられました。珍しく意識がはっきりとされており、アルス様と二人きりでお話がしたいと申されております」

私は父が話をしたがっているという報告を受け、父が寝ている部屋へと向かった。

扉を開けて中に入る。

中にはベッドに父が寝ているだけで、他には誰もいない。二人きりの状態だ。

「父上、お呼びでしょうか」

「アルスか、よく来た」

父はしっかりとした口調でそう言った。

最近ではまともに喋《しゃべ》ることができない状態になっていたので、父のはっきりとした声は久しぶりに聞いた気がする。

痩せ細ってしまっているその姿は変わらないが、今日の父には瞳に生気があった。昨日までは意識があっても虚ろな死人のような瞳であったが、今日の父には昔と同じく、見るものを怯ませるような目力があった。

「少し暑いな。今、何日だ？」

「十一月二日です。暑いのなら扇ぎましょうか？」

「その必要はない。もう夏か。少し前までは春だった気がするが、だいぶ寝てしまっていたようだな」

「ええ、父上が寝ている間、大変でしたよ。早く良くなってもらわないと困ります」

「分かっておる。この程度の病気、明日にでも治してみせる」

父がそう言ったあと、数秒間部屋は静寂に包まれる。

「アルス、お前にはまだまだ話していなかったことが、たくさんあったな」

私の目を見つめながら、父はそう言った。

「父上のお話なら、何でも聞きたいと思っております」

「話すまでもないくだらない話を今する必要はないか。私の今までの人生について話そう」

父はそう言って、天井を見上げた。

「私はこのランベルクとは、別の場所に生まれた。ミーシアンの片隅にある農村だ。そこの領主は税を多く取る悪徳領主で、常に貧しい暮らしを強いられていた。そんな暮らしに耐えかねて、十歳くらいになった頃、私は家を飛びだし村を飛び出し、町に行った。ちょうどその日はミーシアン総督が、その町に訪れている日だった。町の領主はミーシアン州でも古参の貴族で、パーティーに総督を招待したか何かだったな。昔の話なので細かくは覚えていないが。そんな朧《おぼろ》げな記憶だが、はっきりと覚えている事がある」

「何でしょうか？」

「総督が大きな白馬に跨《また》がりながら、豪華な鎧《よろい》を身につけた兵たちを引き連れ、町の通りを進んでいく様子だ。その時、私は衝撃を受けた。それまで貴族といえば、私の実家を治めていた悪徳領主をイメージしたものだったから、総督のその立派さ、壮大さに衝撃を受けたのだ。あれを見てから、総督になって、大勢の兵を率いるような人間になりたいと思っていたのだったな」

　父は遠い目をしながら昔を懐かしむように語る。

　昔は農民だったとは知っていたが、具体的にどういう人生を歩んできたのかは、初めて聞くことだった。

「それから独学で剣の練習をして、兵士になって死に物ぐるいで戦って、戦功を上げてからルメイル様に取り立てられ、気づいたら領主になっていた」

「父上は今でも総督になりたいと思っておられるのですか？」

「ふっ……そんな気持ちは結婚してお前が生まれた時くらいになくなった。弱小領主だが、昔に比べて天国のような生活に満足したのだろうな」

　父はそう言い終えたあと、「ゴホゴホッ！」と咳をし始めた。

「大丈夫ですか！？」

「ゴホッ！　ゴホッ！　……はぁ……少し喋りすぎたみたいだな」

　父は息を整える。

「…………アルス、後は頼んだぞ」

「…………」

「このランベルクにあるものは、私の人生を賭けて得た宝だ。家臣たちを、領民たちを、妻を、レ

ンとクライツを、頼んだぞ。まだ子供であるお前に頼みなどという事はしたくはなかったが、こうなれば仕方ない。アルス、お前にはほかの誰にもない、人の才を測るという力がある。ローベント家を正しい道へと導く事ができるはずだ」

「父上……」

「それとお前の事だからもしかしたら、責任を感じておるかも知れんが、それは違う。これは私が自分で決めた道だ。お前は堂々と胸を張って、ローベント家を継ぐのだ。分かったか？」

私は返答に困った。ここで返事をすると、父が死ぬという現実を認めることになってしまうと思ったからだ。

「アルス黙っているでない。私を安心させて逝かせてくれ」

「…………………はい」

長い葛藤の末、私は頷いた。

「よし、では……頼んだぞ……」

返答を聞いた父は、目を閉じて安らかな顔で眠りについた。

それから二度と目覚めることなく、三日後父は息を引き取った。

○

「今日よりこの私、アルス・ローベントが、父レイヴンの跡を継ぎローベント家の当主となる！」

それから父に言われた通り、私は堂々と胸を張ってローベント家を継ぐという宣言を家臣たちの前で行った。

父が一代で作り上げた、このローベント家。

まだ弱小のローベント家が厳しいこの時代を生き残るのは難しい。

強くならねば。

必ず自分の力を使い、ローベント家を強くし、父の作り出した物を守ろうと、私は決意を固めた。

そしてそれから数日後、ミーシアン総督の息子、兄のクラン・サレマキアが挙兵をしたという情報が入ってきた。

その日から、ローベント家当主としての闘争の日々が始まった。

父が死んでから数日後、クラン挙兵の報告が私の耳に飛び込んできた。

クランは挙兵をする際に檄文《げきぶん》を書いており、ローベント家のような弱小領主の家にも届いていた。

檄文の内容は、とにかく弟バサマークを非難するものだった。

まず暗殺の黒幕をバサマークと断定（明確な証拠はない）。さらにバサマークの欠点をそこまで言うかというくらいに書いてあった。バサマークには総督たる器はなく、自分こそふさわしいと強調していた。

そして、バサマークが現在州都アルカンテスを手中に収めていることを非難していた。何度も州都を明け渡すよう要求したが、その要求は飲まれなかったため、今回挙兵をすることにしたようだ。

しかし、アルカンテスは現在はバサマークの手中にあるのか。

アルカンテスは州都というだけあって、ミーシアン州の中で一番人口が多い都市である。

当然それだけに動員できる兵力も多くなる。

ミーシアンには、アルカンテスのほかに三つ大都市がある。

西側、ランベルクから一番近い場所にある大都市マサ。

南側にあるセンプラー。

東側にあるベルッド。

ちなみにアルカンテスはミーシアン中央にある。

クランは現在センプラーを治めている。

センプラーは海に面している都市だ。船での貿易が盛んに行われており、ミーシアンの中でももっとも富を生み出している都市だ。

資金を使って傭兵《ようへい》を雇えば、人口では負けていても兵数では負けずに戦えるかも知れないな。

問題は残り大都市マサとベルッドの郡長がどちらに付くかである。

この二つの郡長がどちらに付くかまだ私は知らない。今回の挙兵でどう動くか、早いうちに見極める必要があるな。

「アルス様、ルメイル様より書状が届いております。恐らくカナレ城へ登城せよとの事でしょう」

リーツがそう報告してきた。

読んでみると、リーツの予想通りだった。

「やはりそうなるか。カナレ城では何を話し合うのだろうか」

「恐らく戦の戦略についてですかね。もしかしたら、クラン様より指示を貰《もら》っているかもしれません」

「ふむ、今回の戦でカナレ郡としては、どう動くことになるだろうか……」

「そうですね。状況次第というしかないでしょうね。現時点でミーシアン西側の郡長たちがどちらにつくのか、分かっておりませんし。ただマサ郡長が弟の方に着くとなれば、中々厄介なことになるかもしれませんね」

西の大都市マサがある、マサ郡はカナレ郡とも領地が少しだが接している場所にある。場所はカナレ郡の北東方向だ。

カナレ郡の数倍の規模を誇る郡であり、まともに戦っても勝ち目は薄い。

カナレ郡の東隣にあるペレーナ郡は弟に付くという情報があるし、仮にマサ郡が弟に付くとなると、カナレ郡も弟側に付かざるを得ない状況になるだろう。

「カナレ城に行けばどういう状況かはある程度知ることができるか。これが私の領主としての初仕事になるな」

「そうですね。まあ、以前代理で行かれているので、初めてと言う感じはしませんがね」

「そうだな」

以前の話し合いは簡単なものだったが、今回はだいぶ複雑なやりとりをする可能性が高いから、やはり初めての仕事みたいなものであるが。

「そうだ。町に行くが、この前リーツの言っていた『シャドー』という傭兵団と、コンタクトを取ることはできるか？」

父が亡くなり領主になったため、傭兵を雇うか雇わないかの判断は、これからは私が行う。

何人かの兵たちに、情報収集役として訓練は積ませているが、やはり時間がかかるので今すぐにでも情報収集役が欲しいと思っていた。

これからどうするか考えれば考えるほど、やはり情報が必要だと思ってくる。どれだけ知略の高いものがいても、情報がなければ適切な判断をすることは出来ない。

「カナレの町からコンタクトを取ることは可能ですよ。しかし、彼らは金だけで動くタイプではないので、雇えるかどうかは分かりません」

「傭兵なのに金だけで動かないのか？」

「ほとんどの傭兵団は報酬次第ですが、稀《まれ》にそうじゃない傭兵団もいますよ。シャドーの団長は変わり者ですから、どういう基準で選んでいるのかはよく分からないんですがね」

「そうなのか。とにかく雇いたいから、カナレ城で話を聞いた後、私をシャドーの団長と会わせてくれ」

「了解しました」

その後、私は同行するものを選ぶ。

前回と同じくリーツとシャーロットと何名かの家臣、そして今回はロセルも連れて行くことにした。今回は本格的な軍議が行われる可能性もある。

ロセルが良い意見を言ってくれると思っているわけではなく、将来軍師になるなら早いうちに経験を積ませたいと思ったから連れて行くことにした。

私は家臣たちと共に屋敷を出て、カナレ城へ向かった。

カナレ城に到着する。二回目とあって一回目のように兵士に止められることはなく、簡単に通ることが出来た。

「アルスよく来たな……レイヴンの事は残念だった……惜しい男を亡くしてしまった……」

郡長ルメイルは沈痛な面持ちでそう言った。

「レイヴンの死を悼んでいる暇は、今の私にはないのが辛いところだ。ほかの領主たちが集まり次第、軍議を開始する」

「了解しました」

その後、しばらく待つとほかの領主達も登城してきた。以前と同じく円卓に腰をかける。

「まず、軍議を始める前に話がある。先日、ランベルク領主、レイヴン・ローベントが病に倒れ死んでしまった。戦場では誰よりも活躍する、勇猛な男であった……」

ほか二人の領主は、すでに父の死を知っているため驚きはしないが、沈んだ表情で話を聞く。

「我々にレイヴンの死を悲しんでいる暇はない。このカナレの未来のために戦い続けることこそ、レイヴンへの弔いとなろう」

ルメイルは力強い口調でそう言った。そのあと私に立ち上がるように促した。

「知っているだろうが、このアルスがレイヴンのあとを継ぎ、ローベント家の当主となる。まだ子供だが精神的には大人と変わらないくらい立派である。必ず領主としての務めを果たすだろう」

改めてルメイルが私の紹介を行った。

ここは私も何か言った方が良さそうだな。

「新領主のアルスです。若輩者ですが精一杯役目を果たしたいと思います」

普通すぎる挨拶だが、変な挨拶をしてひかれるよりマシであろう。

私の挨拶を聞いていた者たちが拍手を始める。数十秒で止み、私は再び着席した。

「それでは軍議を始める。この場にいる者は意見があれば挙手をして言ってくれ。的外れな事を言っても怒ったり罰を与えたりはしないので、遠慮せずに言うのだぞ」

ルメイルはそう言った。

領主だけでなく家臣たちの意見もきちんと聞く気があるみたいだな。

チラリとリーツたちに視線を向ける。

リーツは私と目が合うと軽く頷《うなず》いた。何かあれば言うという合図だろう。

ロセルはリーツの後ろに隠れるようにしていた。

どうもロセルは、人見知りを発動させているみたいだ。これは意見を言うことに期待出来そうにない。

「まずは現在の状況を詳しく説明しようではないか。メナス、頼んだ」

「かしこまりました」

ルメイルは、家臣のメナス・レナードに説明を任せた。

「まず、クラン様と当家とでは、水面下で色々やりとりが行われております。今回挙兵をしたのは、戦で勝つ算段が立ったからとの話です。現在のマサを含む西側の四郡と、南側の五郡の合計九郡の調略に成功しており、さらにローファイル州より最強と名高いメイトロー傭兵団と契約をして十分な戦力を保持しており、勝つのは確実だそうです」

当然だが結構色々やってるんだな。兄もそれなりに能力はあるようだ。

ただ、勝つのは確実と言うのは誇張だろう。

戦に確実なんてないだろうし、弟の方も当然黙ってみているわけではないだろうからな。

「西側にある郡で唯一、ペレーナ郡だけが調略に応じていません。ペレーナ郡は立地条件的にクラン様につかなければ、完全に敵に囲まれると言う状況になるのですが、それでもクラン様には付かず、バサマーク様に付くと主張を変えないそうです。私たちにはこのペレーナ郡の調略、もしくは戦で落とせとの命が来ました」

ペレーナ郡は、カナレの東隣の郡であり、最近は小競り合いの絶えない場所だ。

そうなると調略は難しい、じゃあ戦で落とすことになるのか。

「調略は難しいかもしれませんが、戦わずに落とすに越した事はないので、まずは調略を試みるつもりです。そこで皆様に調略のアイデアをお聞きしたいと思っております」

調略をするのか。予想は外れたな。

しかし調略する方法と聞かれても分からないな。何せペレーナ郡の情報はないに等しいのだから。

ふと、リーツを見ると挙手していた。

「アイデアがあるのか？　話してみよ」

ルメイルがそう言った。

何人かマルカ人であるリーツを見て、侮蔑する表情を浮かべたが、ルメイルにそんな様子は全く見られない。差別をしないタイプの人間なのだろう。

「どう調略するかは、相手の情報がなければ難しいでしょう。そのためまずはペレーナ郡長がなぜ、この状況でクラン様に付かないのか探るべきでしょう」

「もっともな話である。しかし探ると言っても具体的にどうする？」

もしかして傭兵団シャドーを使うと提案するのだろうか。まだ、雇えると決まったわけではないので、リスクが大きいが成功させると郡長からの評価が上がることになる。

リーツがこれから提案するのかと思っていたら、

「そうですね……何か良い方法を考えないと……」

と呟《つぶや》きながら、私に目配せをしてきた。

私に提案しろと言っているのか、もしかして。

少しでも郡長から私への評価を上げるためのリーツなりの気遣いなのだろうが、正直お膳立てされるのは少し気恥ずかしい。

まあ、ここは乗ってやるか。

「情報を集めるため傭兵団を雇うのはどうでしょうか。ちょうど今回の任務に最適な傭兵団に心当たりがあります」

「傭兵か……一応私の家臣にも、情報収集の役目を持っている者がいるが、残念ながらそこまで腕がいいとは言えぬ。その傭兵団は腕はいいのか？」

チラリとリーツの方を見ると、頷いていた。リーツが腕があると言うのなら、少なくともポンコツではないだろう。私は「はい」と返答した。

「それならば、ペレーナ郡長家の内情を探る役はお主に任せることとしよう。ただ、傭兵団を雇えぬことになったり、傭兵団が信頼できぬ者たちだと判明した場合は、すぐに失敗したと報告に来るのだぞ。失敗することは罪ではないが、それを黙っておるのは罪であるからな」

「了解しました」

この人なかなかいい事を言うな。

前世でも部下はいたが、失敗して黙られるのが一番困るからな。

軍議は一度お開きになり、私はシャドーに会うために城を出た。

「う、うー……何も喋《しゃべ》れなかったし、何も聞いてなかった……」

城から出たロセルが頭を抱えてそう呟いた。

「だいぶ緊張していたようだな」

「だ、だってあんな怖そうな人がいっぱいいるところだと、思ってなかったんだもん」

軍議の場にいた家臣の中には、当然武闘派の男たちもいる。髭《ひげ》を生やして厳つい顔をしているので、確かに怖いかもしれない。

しかし、ローベント家にもそういう男はいる。

大勢いたらダメなのだろうか。

「話聞いてなかったから、結局どうなったか俺分からないんだけど、これからどこいくの？」

私は今からシャドーに会いにいくとロセルに説明した。

「ふーん、じゃあ予定通りと言えば予定通りなんだ……はぁー、でも傭兵団の人たちも怖そうだな……も、もしかして捕まって売られるかも……」

「そんなことないから、安心しろ。仮に何かあっても、リーツやシャーロットがいれば安心だろ」

多少はマシになりはしたが、やはりロセルのネガティブな性格は直りそうにないな。

「リーツ、シャドーとは何処に行けば会えるのだ？」

「カナレの城郭外の町にある、トレンプスという酒場です。案内しますね」

「頼んだ」

私たちはリーツの案内について行く。

すると、

「アルス様、お待ちください！」

聞き覚えのある少女の声が聞こえてきた。

この声は……。

振り向いて確認すると金髪の少女、私の許婚であるリシアがいた。

「……リシア様、驚きました。ハマンド様について来たのですか？」

「はい。反対されたのですが、どうしてもアルス様にお会いしたくて。軍議の場には入るなと言われて、終わるまで城のお部屋で待っていたのです」

「そうですか。しかしお久しぶりですね」

リシアとは文通はしていたが、直接会うのは一年ぶりくらいである。

最初に会ったあの日から、一度会う機会があったのだが、それ以降は直接会うことはなかった。

一年ぶりに会ったリシアはだいぶ成長していた。

背も伸びて体つきも女性らしさが出て来ている。

リシアは十三歳。第二次性徴期なので、たった一年で大きく成長しているのも不思議ではない。

「そうですわね。アルス様もしばらく見ない間に、凜々《りり》しくなられましたね」

「いえいえ、リシア様はお美しくなられました」

「まあ」

リシアは顔を赤らめる。

「ところでアルス様たちは、これからシャドーという傭兵団に会われに行かれるのですよね？」

「そうですが、どうしてそれを？」

「実はこっそり聞いていたのです。傭兵団の下に行くのならわたくしも連れて行ってくださいませんか？　もしかしたら、何か役に立てることがあるかもしれません」

そう提案して来た。

確かにリシアは政治力が高く、傭兵団との交渉で力になってくれるかもしれない。

しかし、傭兵団のいる場所は危険な場所である可能性が高い。護衛がいるから大丈夫ではあると思うが、それでも連れて行くのは少々まずいだろう。

「リシア様、シャドーのいる場所は危険である可能性が高いです」

「大丈夫ですわ。わたくし父上からアルス様に同行しても良いと、許可を得ていますの。それでも駄目でしょうか？」

ハマンドから許可を得ているのか。

うーん、それなら連れて行ってもいいか。

せっかく頼んでくれているのに断るのも、何だか申し訳ないしな。

私はリーツに大丈夫そうか尋ねてみる。

「問題ないとは思いますよ。そこまで警戒が必要なほど危険な場所に行くわけではありません。そんな場所だったら、そもそもアルス様も連れて行きませんしね」

「そうか。では、リシア様、一緒に参りましょうか。私たちから離れないよう、注意をしてくださいね」

「ありがとうございます！」

リシアは嬉《うれ》しそうに微笑んでお礼を言ってきた。リシアを同行者に加え、私たちはリーツの案内に付いて行き、酒場トレンプスへと向かった。

トレンプスは結構大きな建物であり、中も広そうである。

「そういえば、リーツはどういうきっかけで、シャドーを知ったのだ？」

「えーと、傭兵時代にですね。僕の所属していた傭兵団はミーシアン各地を転々としていたのですが、ちょうどここに来る機会がありました。そこで、僕の傭兵団の団長が、シャドーの団長に仕事を頼んだのがきっかけで、知り合うことになりました」

「傭兵団が傭兵団に仕事を頼むのか？」

「ええ。シャドーとは仕事が違いますからね。シャドーは情報収集、工作、暗殺など。僕の所属していた傭兵団は戦争で戦うことが仕事です。傭兵団は、戦で負ける方に付くと団員の死傷者が増えたり、報酬がほとんど貰えなくなったりと大損になってしまいます。場合によっては壊滅することも。そのため、情報収集で勝てそうか調べてもらったり、工作を頼んで戦に勝ちやすくしてもらったり、色々お世話になっていましたよ」

「なるほど、傭兵団にも色々あるのだな」

「まあ、結局僕の所属していた傭兵団は壊滅してしまったんですけどね。団長が少し欲をかいてしまったのが、壊滅した原因でしたね……」

リーツは少し昔を思い出したようだ。仲間が死んだ過去なので、当然良い思い出ではないだろう。深く掘り下げるような事はしなかった。

会話を終え、私たちはトレンプスへと入っていった。

トレンプスは人気のある酒場のようで、店内はだいぶ賑《にぎ》わっていた。

広い店内なのだが、空席はほとんど無い。

まだ日が高いうちにこれだから、夜になるともっと人が多くなるのかもしれない。

「相変わらず人気ですね、この店は」

昔から人気だったみたいだな。

「シャドーはこの店の店主に紹介してもらったので、一度話をしてみましょう」

リーツはそう言って、店内を歩き店主の下に向かい始める。

店内を歩くと、結構注目を集めた。

まずマルカ人なのに豪華な服を着ているリーツ。

女なのに魔法兵のような格好をしたシャーロット。

そして、貴族の格好をした私とリシアなど、目立つ要素満載なので、仕方ないことだろう。

「何か視線が鬱陶しい。焼き払っていい？」

シャーロットが不機嫌そうな表情でとんでもないことを言い出した。

顔がよくプロポーションも抜群なシャーロットは、男どもの視線を集めているようだった。

「駄目に決まってるだろ。見られるくらいは放っておけ。危害を加えてきそうな雰囲気を感じたら、戦うことを許す」

「はーい……ああー鬱陶しい……」

シャーロットはイライラした様子で返事をした。

屋敷にいる時は基本的に温厚な性格をしていると思ったが、案外危険な面もあるんだな。今日はたまたま虫の居所が悪いだけかもしれないが。

注目を集めたものの、特に危害を加えてこようとするものはいなかった。

そして、店主の下に辿《たど》り着く。

「久しぶりです。アレックスさん」

リーツは、立派な髭を生やした筋肉質の中年男性に話しかけた。

あの男が店主か。

アレックスと呼ばれた店主は、リーツを不審そうな目で見つめる。

「マルカ人……もしかしてリーツか？　クライメント傭兵団にいた」

「はい、そうです」

「生きていたのか。クライメントの連中はほぼほぼ死んで、解散したって聞いたがね」

「クライメント傭兵団は確かに解散しましたが、僕は生きていますよ。今はローベント家の家臣になっています」

「家臣？　ローベント家っていやぁ、ランベルク領主をやっている家じゃねーか。何でまた……いや待てよ？　ランベルクには恐ろしく強いマルカ人の家臣がいるって聞いたが、あれはお前さんのことかい」

「たぶんそうでしょう」

「なるほどなぁ。てめーだったのなら、そういう噂《うわさ》も立つだろう。クライメントの中でも、お前より強いのはそういないって、言ってただろ？

えーと、もしかして後ろにローベントの現当主がいるのかい？　確か前の当主が死んで、その子供が継いだって話だったけど」

「私がアルス・ローベント。ローベント家当主で、リーツの主人である」

「あ、どうもよろしくお願いします。俺ぁアレックス・トレンプス。酒場の店主をやっております」

アレックスは頭を下げて挨拶をしてきた。

「それで、今日は何のようですかい？」

「シャドーに仕事を頼みに来ました」

リーツがそういうと、

「あー、そうかー……」

困ったような表情をアレックスは浮かべた。

「どうしました？」

「いやよ。クライメントが仕事を頼んでいた頃のシャドーの団長がよぉ、二年くらい前に引退しちまったんだ」

「ええ⁉」

リーツは驚く。

「あの人、仕事命って感じの人じゃなかったんですか？　怪我でもなさったのでしょうか？」

「いや、嫁さんが出来たから引退した。こんな危険な仕事をもう出来ないってな」

「そうですか、困りましたね……」

「いや、団長は引退したがシャドーはまだ存続しているぞ。まあ、団長の引退が引き金になって、複数の団員が抜けちまって、別物になっちまっているがな」

「新しいシャドーは、腕は良いのでしょうか？」

「旧シャドーよりも、数段上だね」

「数段上……ですか……？　あの、シャドーは凄く腕の良い傭兵団でしたが、それよりもですか？」

半信半疑といった様子で、リーツは尋ねる。

「ああ、今のシャドーの団長になっている奴は、あれは本物の天才だ。その天才は他人に教えるのも上手いやつで、団員のレベルも高くなってる。奴が団長になってから、依頼に失敗したという話は聞いたことがない」

「それほどですか」

「ただ、前団長よりも変わったやつで、依頼を受ける受けないの基準が全く分からねー。会ってみないと、受けてくれるかどうか保証はできねーな」

「その団長に会わせてはいただけますか？」

「ああ、仲介料はいただくがな。それと今すぐは会えない。夜になったら会える」

「夜にこの店に来るのでしょうか？」

「いや、実は今もこの店にいるんだがな。夜にならないとシャドーとしての仕事は受けないって、変なこだわりがあるんだ。夜になるまでは誰が団長かは言えないが、探してみてもいいかもしれねーな。まず分からないと思うがな」

まあ、これだけ人がいるのでは普通は分からないだろう。

ただし、私の場合、鑑定スキルがある。

本物の天才と言われているということは、当然ステータスも高いだろう。

少なくとも武勇は凡人を超越している可能性が高い。

夜にならないと依頼を受けないということは、探しても意味はないが、夜になるまで暇になるので、ついでに探してみるのもいいかもしれない。

「では夜になるまでこの店で待たせて貰うことにしよう」

「へい、分かりやした。待ってる間、何か食べたり飲んだりしてくれたらありがてーです。酒はちいっと早いようですが、ジュースもあるんでお出ししますよ」

「分かった、そうさせてもらおう」

私は仲介料を払う。

そのあとジュースや果物などのデザートを頼んで、テーブルに着き、皆で食べながら夜になるのを待った。

私は店内にいる人たちを鑑定で見ながら、誰がシャドーの団長かを探してみた。

店内には大勢の人がいる。片っ端から調べていったが、それらしいステータスの者はいない。

店内にいたほぼ全員を調べ終わったが、いなかった。もしかしたら武勇が高いはずという私の考えは、間違っていたかもしれないな。

情報を集める能力なんかは、私の鑑定では分からないしな。

少し疲れてきたし、私は諦めようとする。

喉が渇いてきたので、近くにいた店員に水を貰おうと思い声をかけた。

「お水ですね。かしこまりました」

この辺りは水が豊富なので、安めの値段で飲む事ができる。

そういえばこの店員は鑑定していなかったな。

まだ若く、私より一、二歳ほど歳上に見える少女の店員だ。

黒髪のポニーテール。容姿は飛び抜けていないが、普通に美少女と言えるレベルだ。

流石にこんな子がシャドーの団長であるわけがないだろう。

鑑定はやめようと思うが、私は一応やってみた。

すると、

マザーク・ファインド　22歳♂
・ステータス
統率　33/44
武勇　91/92
知略　87/90
政治　22/23
野心　45

・適性
歩兵　A
騎兵　C
弓兵　S
魔法兵　A
築城　C
兵器　A
水軍　D
空軍　C
計略　B

驚きどころ満載のステータスが表示された。

この容姿で男？　しかも二十二歳の大人。しかも、非常に高いステータス。名前はマザークというのか。

使いすぎたから鑑定スキルがバグったのか？

私はリーツに鑑定をかけてみるが、正常な数値が出た。バグってはいないようだ。

念のためもう一度、店員に鑑定をかけてみるが、全く同じステータスが表示された。

ステータスに間違いはないみたいだな。

……これはもしかして……この子マザークがシャドーの団長なのだろうか。

そうとしか考えられないステータスだ。少なくともこれだけのステータスで、ただの一般人とい

うことはあり得ないだろう。限界値が高いだけならともかく、現在値もほぼ限界近い数字になっているからな。即ちかなりの訓練を積んできているということだ。

このステータスが正常であるならば、十中八九マザークがシャドーの団長だろう。

よく考えれば、シャドーは情報収集や工作などを行う傭兵団だ。少女という見た目は、他人に油断されやすく向いているのかもしれない。

しかし、この見た目で二十二歳の男とはな。

変わった人種なのか、もしくは発育不全の病気なのか。

発育不全の病気だと、ここまでのステータスになることはできない気がするので、普通の人種ではないのだろうか。

「あの……まだ何か頼むものがありましたか？」

店員が困った表情でそう言ってきた。

どうやら彼女……いや彼の顔を見過ぎていたようだ。

ここでシャドーの団長だろ？　と尋ねない方がいいだろう。

理由は分からないが、少なくとも昼の間は、団長としてでなく店員として働いているので、ここで指摘しても仕事を受けてくれないだろう。

逆に私が正体を見破ったせいで、プライドを傷つけて反感を持たれる恐れもある。

悪印象を与えると、仕事を受けてくれなくなる可能性もある。指摘はしない方が無難である。

「いえ、何でもありません」

「そうですか。では、お水をお持ちしますね」

彼はそう言って水を注いで持って来て、それを置いて去っていった。

口調や細かい仕草を見ていても、ただの少女にしか見えない。これが男などと、自分からそうであると明かされても、証拠を見るまで冗談であるとしか思えないだろう。

「アルス様、随分と先ほどの女の子が気になるのですね」

リシアがそう尋ねてきた。

笑顔だが、目は笑っていないような感じがする。少し怒っているようにも感じる。マザークを見ていた事が何か気に障ったのだろうか。

怒りを鎮めるため、私はマザークを見ていた理由を正直に話す事に決めた。

「たぶんあの子が、シャドーの団長です」

聞こえないよう、小さな声で言った。

私の言葉に、全員ポカンとした表情を浮かべる。

「わたくしと同い年くらいの女の子でしたよ？」

「いえ、あれで二十二歳の男なのです」

「「「「え!?」」」」

「し、静かに」

話を聞いていた全員が驚いた。

少し肝が冷えたが、まあ、驚くだけなら特に問題ないだろう。

「じょ、冗談だよねー。だって俺の目には女の子にしか見えなかったよ？」

「間違いない筈《はず》だ」

「わたくしは……あの方が団長だというのは、信じられますが、男性で二十二歳というのは、信じがたいですわ……」

まあ、性別に関しては鑑定結果を見た私ですら、半信半疑なところもあるので、仕方ないだろう。

「僕は信じます。アルス様がおっしゃる事ですから。しかしアルス様には、隠された性別を見抜く力もあったのですか」

リーツは信じるみたいだな。彼が一番私と一緒にいた時間が長いため、鑑定の精度への信頼度は誰よりも高いのだろう。

「あの子が団長なら今すぐ依頼しに行かないの？　わたし待つのちょっと飽きた」

シャーロットがそう言ってきたので、私は今は依頼を受けてくれないだろうから、黙っておくべきだと説明した。シャーロットは不満げな表情をしながらも、渋々了承した。

しばらく経過して尿意を感じてきたので、私はトイレへと向かった。

リーツが護衛に付いてくると言ってきたが、この店は特に荒れてはいないようだし、トイレについてくるというのに気恥ずかしさも感じたため断った。

まあ、私がトイレにいる間は、リーツは警戒してトイレの入り口辺りを監視しているだろうが。

私はトイレに入った。

この世界は下水がそこそこ整備されているため、トイレもそこまで不衛生というわけではない。

用を足し、トイレから出ようとして私は後ろを向く。

その瞬間、私は心臓が止まりそうになった。

「お前、なぜオレがシャドーの団長であると分かった？」

マザークが、先ほどまでとは別人のような様子で立っていた。

いつの間に後ろに？

まるで気配を感じなかった。こんな真後ろにいるのに、ここまで気配を消せるものなのだろうか。

マザークの表情は接客中は、明るい女の子という感じだったが、今は違う。

無表情でこちらを見つめている。冷徹な表情で、まるで違う人みたいだ。表情ひとつでここまで変わるのかと思うくらいだ。

「初めてなんだがな。正体がバレたのは」

しかし、マザークはなぜ私が正体に勘づいたと知っているのだろうか？

しらばっくれてみるか。

「何の話だ？」

「とぼけても無駄だ。聞こえないように話していたが、お前たちの会話は全て聞いていた。お前はローベント家の現当主のアルス・ローベントで、オレに依頼をするためにこの店にやってきた。その後、何らかの方法で、オレが団長であるということ、それからオレが二十二歳の男であるということを見抜いた。違うか？」

マザークとはだいぶ離れた場所で会話をしていたはずだ。それでも聞いていたということは、並外れた聴力があるのだろう。そうでなくては情報収集は出来ないのかもしれない。

ただ、何らかの方法でと質問している以上、会話を全て聞いていたわけではないのかもな。

「異様に警戒している奴がいたから、入るのには苦労したぞ。この店のものしか知らない、別ルートをわざわざ通って来たんだからな。そこまでして来たんだから絶対に正体を見抜いた方法を教えてもらうぞ」

リーツはやはり見守っていたみたいだ。

別ルートを通られたのでは、仕方がないか。

「なぜそこまで私がお前の正体を知った方法を聞き出したいのだ」

「オレは自分の正体を隠す事に関しては、絶対の自信を持っている。それが見抜かれたとあっては、方法を聞かないとあまりにも気持ち悪いだろ？　仮に何か欠点があったのなら教えてくれ」

「……いや、お前は完全に店員に紛れていた」

「じゃあ、なぜ分かったんだ？」

私は理由を答える事にした。

この状況では、沈黙すると下手をすれば危害を加えられる恐れがあるからな。

自分に鑑定能力があると説明する。

「……他人の能力が分かる力……？」

「そうだ。お前が達人級の能力を持っていたから、シャドーの団長であると判断したわけだ。ちなみにその能力では、お前の名前、性別、年齢もわかる。名前はマザーク・ファインドだったか」

「……っ！」

名前を当てられて、マザークは目を見開いて驚く。

そのあと目を瞑《つぶ》り、ニヤリと微笑した。

「そいつはハズレだ。その名はとうの昔に捨てた名だからな。今はファムという名を名乗っている」

名を変えていたのか。

私の鑑定能力では、最初に付けられた名だけが表示されて、変更した名前は表示されないみたいだ。

「しかし、オレのような仕事をしている奴には、天敵のような能力だな」

「そうか？」

「そうだ。正体を隠すことは、この仕事では非常に重要だ。その点オレの容姿はいい。まさかこんな女の子供にしか見えない奴が、密偵であると誰も思わないからな。だから自分の正体は信頼の置ける人間以外には見せないようにしている。依頼を聞く時も、顔を隠すようにしているしな。知ってるのはアレックスと、団員たちくらいか」

じゃあ、私みたいに不意に知ってしまったものは、どうしているんだとは聞けなかった。

今の私はだいぶ危険な状態なのではなかろうか。

「オレの正体を見抜くような力を持つ、危険な奴の味方になるか、それとも始末してしまうか。どちらがいいと思う？」

そう問われて私の心臓がドキリと跳ね上がった。

これは返答を間違えると、大変なことになりかねないな。心拍数が徐々に上がっていく。

「それは当然、味方になった方がいいだろう。私がローベント家であるとは知っているのだろう？　私に危害を加えれば、家臣たちが黙っていない。お前の正体は、家臣たちにも伝えたからな。ローベント家を敵に回すことになる。さらに郡長家も敵になる可能性が高いので、お前はこの町で仕事をすることが出来なくなる」

「別の町で仕事をすればいい」

「そう簡単に、別の町で仕事が出来るだろうか？」

「まあ、最初は面倒だろうが、実力さえあれば問題はないだろう」

「仮に別の場所で仕事を始めたとしても、私の家臣はお前を殺すまで、地の果てまで追い続けるぞ」

「返り討ちにすればいい」

「私の家臣は強いぞ？」

そこまでやり取りをして、ファムはいきなり「クックック」と笑い始めた。

「そう怯《おび》えるなよ。さっきから心臓の音がうるさいぞ？　まあ、子供だし仕方がないか」

平静を保ってやり取りをしていたが、心臓の音を聞いて動揺しているということを悟られたみたいだ。

「冗談だよ。お前に危害を加えるつもりはない。オレはユニークな奴が好きなんだ。確かにお前のその能力は危険だが、極めてユニークでもある。そう言う奴の依頼は受けることにしている。

それに貴族の当主となれば、実力を示しさえすれば継続して依頼をしてくるだろうし、そうなるとわざわざオレの正体を周囲に言いふらしなどはしないだろうからな」

冗談と言われて、私はホッと胸を撫《な》で下ろした。

殺されてしまうと思ったからな。

「依頼は夜になったら聞いてやるよ。それまで待っておけ」

「分かった」

正直、若干危険そうな奴なので、依頼していいものか迷いはあるが、今更依頼をやめたなどと言ったら、完全にファムとは敵対することになるだろう。

そうすると、命を狙われ続ける羽目になる。それは避けたいので、ここは依頼をするしかないだろう。

ファムはそう言ってトイレを出ようとすると、

「アルス様！」

リーツがトイレに飛び込んできた。

そして、ファムの姿を見るや否や、剣を抜き斬りかかる。

ファムは懐からナイフを取り出して、リーツの剣を受け止める。

「待てリーツやめろ。その者は敵ではない」

「え？　あ、そうなのですか？　それは失礼しました」

リーツは謝りながら剣を下ろしていった。

「やっぱり味方になった方が得になりそうだな。勝てないとは言わないが、その男、戦っても楽に殺すことは出来なさそうだ」

そう言い残して、ファムはトイレから去っていった。

「あの、本当に大丈夫ですか？」

「ああ、問題ない」

「そうですか。見張っていたのに気付きませんでした。別の入り口があったみたいですね。それにしても、アルス様の言う通り、あの者がシャドーの現団長みたいですね。僕の剣をああもあっさりと受け止めるとは」

リーツから見ても、ファムはやはり只者《ただもの》ではないようだ。

私はリーツと共にトイレから出て、席に座った。

それからファムは、何事もなかったかのように店員モードになって女の子として接客をしていた。

どうやったらああも人を変えられるのか。もはや先ほどまでとは別人がやっているのではないかと思うくらいであった。


それから時間は経過して、夜になった。

アレックスが私たちの席に近づいてきて、

「待たせましたね。今からシャドー団長のファムに会わせてやりますぜ」

そう言ってきた。

アレックスに、ファムの下に案内すると言われ、私たちは彼についていく。

階段を上り、三階へ。鍵のかかった扉を開けて、私たちは中に入った。

「ファム、客だ……ってあれ？　何で今日は素顔なんだ？」

「バレているから、隠しても意味ないからな」

「は？」

アレックスは状況が飲み込めていないのか、少し狼狽《うろた》えている。

「バレているって……え？　働いているお前が、シャドーの団長だと見抜かれたっつう事なのか？」

「ああ、そこの小僧には、変わった能力があるらしい。一発で見抜かれた」

「マ、マジでか……」

かなりの衝撃をアレックスは受けているみたいだ。店員状態のファムが団長であると見抜かれるのは、それほどまでに想定外な事態なのだろう。あの完成度の高い店員の変装を普段から見ているのだろうから、そう思うのも無理はないか。

「ア、アルスの言う通り、本当にあの人が団長だったんだ……」

「男性だというのは本当なのでしょうか……？」

リシアはファムの性別が男だというのは、疑っているみたいだ。まあ、本性を現している状態でも、容姿は女にしか見えないし、声も店員時よりは低いのだが、それでも男の声とは思えないのである。

「間違いなくオレは男だよ」

リシアは本人が言っても、完全に信じているわけではないようだったが、別にファムの性別が男だろうが女だろうがどうでもいいことか。

「ちなみにあの格好は趣味ではないぞ。この世で一番油断される存在は、女のガキだ。それになりきれれば、仕事の成功率が上がる。店員として働いているのは練習のためだな」

練習のために働いていたのか。完璧に少女に扮《ふん》していると思うのだが、まだ足りないとファムは思っているのだろうか。

変装の完成度が落ちないために、ずっと続けているという可能性もあるか。

「それで、早速依頼内容を聞かせてくれ」

「ん？　依頼を受けるって決めてたのか？」

「ああ、中々ユニークな能力を持っていて、面白そうなんでな」

私は依頼内容をファムに説明した。

「ふーん……ペレーナ郡が調略しない理由ねぇ……」

「出来そうか？」

「愚問だな。出来るに決まっている。この手の情報収集はオレたちの十八番だ。短期間で済ませることができるだろう」

「そうなのか」

「一週間もあれば可能だな」

思ったより時間はかからないみたいだ。

一ヵ月くらいはかかると思っていただけあって、意外だった。

「依頼料は初めての依頼だから安くしてやろう。金貨一枚でいい。前金として約三分の一の銀貨三枚を今いただこうか」

銀貨三枚、想像していたよりかは安い。

これなら手持ちの金でも余裕で足りる。

場合によっては値段交渉もしようと思っていたが、必要ないみたいだ。私は銀貨三枚を支払う。

「毎度あり。一週間で終わると思うが、念のため二週間時間をくれ。二週間後の夜、またここに来い」

そこでファムとの交渉は終了した。

もうちょっと色々話し合うかと思ったが、案外あっさり終わったな。

あとはファムの腕を信じて待つだけであるが、鑑定の結果や変装のクオリティなどを見ると、腕は良いと思って間違いないと思う。

私たちは店を出る。

「あっさりと交渉終わりましたわね。わたくし役に立つためについてきたのに、何も出来ませんでしたわ」

リシアが申し訳なさそうにしている。

依頼は出来たんだから、申し訳なく思う必要なんて全くないんだけどな。ここはフォローを入れておこう。

「私はリシア様と一緒に居れただけで楽しかったですよ」

「へ？　そ、そんな……」

リシアは私の言葉を聞いて、呆《ほう》けたような表情を浮かべたまま赤面した。

そのあと、顔を下に向ける。三秒くらい経過したら顔を上げ、

「わたくしもアルス様と一緒に居れて、楽しかったですわ」

満面の笑みを浮かべてそう言った。

今まで見てきたリシアの笑顔の中でも、一番輝いて見えた。心の底から浮かべた笑みだという感じだ。

これはたぶん嘘《うそ》の笑みではないだろうと、直感で思った。

それから私たちは、一晩城に泊まった後、屋敷へと帰った。

○

二週間後、言われた通り夜トレンプスへと訪れた。

「よく来たな」

私はリーツ、シャーロットとその他護衛を引き連れて、ファムに会いに行った。今回はロセルはいない。

「依頼は成功したのか？」

「当然だ。情報を教える前に、依頼料を前払いで貰おうか」

私は残りの銀貨七枚を支払った。

「毎度あり」

「ところで気になっていたんだが、お前以外のメンバーはいないのか?」

「いるさ。だが依頼人と交渉するのは、団長であるオレの役目だ」

団員もいるみたいだが、会うことは出来ないか。まあ、わざわざ全員を、依頼人に会わせる必要はないか。

「じゃあ早速ペレーナ郡がクラン側につかない理由を説明をしよう。まず軽く情報を調べた結果、ペレーナ郡長ルルーク・ドーランはバサマークに恩があるという事が判明した」

「恩?」

「ああ、ドーラン家は成り上がりで、ペレーナ郡長になったが、その際、バサマークからの口利きがあった。その恩がある」

「それで弟に味方をしているのか?」

「そう単純な話じゃない。いくら恩があるとはいえ、そう簡単に家が滅ぼされるという選択はしないもんだ」

「ほかに理由があるということか?」

「そうだ。もっと深く調べたところ興味深いものを入手することができた」

ファムは、巻かれた書状を私に手渡してきた。

「これは……」

「読んでみろ」

私は中身を読んでみる。

私はそれを見て驚愕《きょうがく》した。

書状は、バサマークが出したペレーナ郡長だけにあてた盟約の勧誘と盟約状であった。バサマーク側に付く郡長たちの署名と押印がなされている。

バサマーク側についている、東側、北側の郡に加え、ペレーナ郡の署名と印もある。

この盟約状は署名した家はすべて所持しているみたいだった。

そこまでならいいのだが、その署名と印の中には、西側の大都市があるマサ郡のものもあった。

「これは……」

「マサ郡がバサマーク様の側に付く……ですか……」

書状の中身を一緒に見たリーツも、驚きを隠せないようである。

「マサ郡がバサマーク側に付くと、戦況は一気にバサマーク有利となるからなぁ。バサマークは、恩があるペレーナ郡長ならば、自分に付くはずだと思ってこの書状を出したんだろう。クランに付いたら、最終的に負け組になるだろうと判断したペレーナ郡は、クラン側へ付かないと決めたのだろう」

「これは本物なのか？　どうやって取ってきたんだ？　こんな大事なもの、そう簡単に取ってこれないだろ」

私には他家の印が本物であるか判断できないので、この書状が本物かどうかも分からない。

「方法は言えないな。仕事の仕方だけは、どんなに信頼のおける奴にも話さないことにしている。知っているのは、団員だけだ。オレが言えるのは、間違いなくこれはペレーナ郡長家が住んでいる、ペレーナ城にあったものということだけだ」

取ってきた方法は言えないか。まあ、仮に方法を聞いても本物であるという確証はない。嘘をつく可能性もあるからな。

そもそも、彼の言っていることを信用しなくては仕事を頼んだ意味はない。

ルメイルは他家とやり取りはしているだろうから、印にも詳しいだろう。彼に見せればこれが本物かどうかは、はっきりと分かるはずだ。

「少し信じられない情報だったから、疑ってしまった。気を悪くしたのならすまなかった」

「別に問題ない。オレの調査結果は以上だ。また何かあったら依頼をしてくれ」

「分かった。情報感謝する。この書状は持って行くがいいか?」

「好きにしろ」

私たちは書状を持ってトレンプスを出た。

トレンプスを出た後、宿を借りてこれからどうするか話し合っていた。

「しかし、とんでもないことになりそうだな。仮にこの書状が本物なら、クラン殿は戦で大きく不利な状況に陥ることになるぞ。我々はこれからどう動けばいいものか……やはり今すぐにでも、ルメイル様に渡しに行ったほうがいいだろうか」

「そうですね………」

リーツは何か考えながら、改めてファムから貰った書状を見る。

「この書状、少し怪しいですね」

リーツはじっくりと書状を観察した後、そう言った。

「ファムは信用できないのか？」

「いえ、そういう意味ではありません。これはペレーナ城から盗み出されたものであるとは思うのですが、問題はこのマサ郡の署名と印ですね。これが本物でない可能性があります」

「というと？」

「つまりこれは、バサマーク様の策略の可能性があります。マサ郡長の偽の署名と印がなされた盟約状をペレーナ郡長に見せ、署名と押印をさせた」

「出来るのかそんなこと？　ペレーナ郡長もマサの本物の署名と印くらい見たことがあるだろ？」

「署名と印の偽造は不可能ではないと思いますよ。本物と見まちがうくらいの印を作って、金を稼いでいる者たちがいるとも聞いています」

「ふむ……しかし、なぜこれが偽物であると思う？」

「盟約を結ぶよう勧誘されたのが、ペレーナ郡長だけというのは、不自然のような気がするからです」

「そうか？　ペレーナ郡長はバサマーク殿に貸しがあると言っていたよな？　ならこちらに付く可能性が高いということで、ペレーナ郡長を勧誘するのはおかしくないだろう。逆に断られたら情報を漏らされるかもしれない」

「情報を漏らされるというのが、バサマーク様の不利になるのでしょうか？　西側の郡はマサ郡長が、クラン様側になるなら、自分たちもクラン様に付こうと判断する郡も多いと思います。マサ郡が味方になったのなら隠すのではなく、それを公表するだけでバサマーク様の味方になる郡が増えるでしょう。有利になりこそすれ、不利になることはありません」

「ふむ……確かにそれはその通りだな。ただ、この盟約状が偽物でも、カナレ郡長には声をかけなかったのだろうか」

「あまりやりすぎると、嘘であるということがばれる可能性が高くなりますから。偽物ならマサ郡に聞けば一発で分かりますからね。そうなると策略は失敗に終わってしまいます。なので、貸し借りがあり、恐らく何らかのつながりがあるであろう、ペレーナ郡長だけに、これを送ったものと思われます」

「なるほどな……」

「ルメイル様に持っていき、マサ郡長に尋ねてもらえばどうなのか分かるかもしれませんね。……いや、もし仮に本物だとしたら、マサ郡は何らかの策略があって黙っていたということなので、素直に本物であるということはないですかね……まあ、書状は今すぐにでもルメイル様の目に入れたほうがいいでしょう」

「そうだな。よし、じゃあ早速カナレ城に行くか」

夜に訪ねるのはマナー違反ではあるが、大事な情報であるので今回は問題ないだろう。

私たちはカナレ城に向かった。店を出てしばらく歩き、城の門に到着。

門番はいなかったのだが、城の周りを見回りしている兵がいたため、その兵に事情を話して中に入れてもらった。

城に入ると、慌てたようすでメナスがやってきた。

「いらっしゃいませアルス様、ペレーナ郡の情報はルメイル様も待ちわびておりましたよ」

兵士から、私たちが来た理由は聞いているみたいだ。

「すみません、こんな夜分に」

「いえいえ、大事な報告は一秒でも早くするべきですから。では、ルメイル様の下にご案内します」

急に訪ねた割に、あっさりと案内してくれるんだな。ちょうど何もしていなかった時間帯なのだろうか。

私たちはメナスの案内についていき、ルメイルの下へと行った。

「アルスよく来た」

「申し訳ありません、こんな夜分に」

「構わん構わん。正直、お主に任せて本当に良かったのか悩んでおったが、こんなにも早く情報を手に入れるとは、中々やるではないか」

「あのお褒めになるのが少々早すぎるかと……」

ルメイルの言葉に、メナスがそう指摘した。

「そ、そうだな。うむ、まだどんな情報かわからんからな。早速教えてくれ」

「かしこまりました。ではこれをご覧ください」

私はリーツに預かってもらっていた盟約状を受け取り、それをルメイルに手渡した。

「書状か……」

ルメイルは盟約状を受け取って、中を見た。

「これは………盟約状？　バサマーク様についている郡の署名と印がなされておるな………むう、ペレーナ郡のもある…………………何っ⁉　これは⁉」

恐らくマサ郡長の署名と印を見たのだろう。

驚愕して、目を見開く。

「な、何と……マサ郡がバサマーク様に付いたということか？　そ、そんな馬鹿な……マサ郡長殿はクラン様を高く評価していたはず……嘘をつかれるようなお方でもないし……」

実際にマサ郡長と会ったことがあるルメイルは、私たちより大きな衝撃を受けているようである。

「こ、これは本物なのか？」

「これがペレーナ郡長の屋敷から出てきたのは、間違いないようです。ですがこの盟約状に書かれている、マサ郡長の署名と印が本物かは分かりません」

「どういうことだ？」

私はこれがバサマークの策略である可能性が高いということを説明した。

「なるほど……バサマーク様は頭が良い方だから、そのくらいの策を弄してきても不思議ではない……しかし、私の目にはこの盟約状にある署名と印は、すべて本物であるように見える」

ルメイルは盟約状をじっくりと見ながらそう言った。私たちより何度も貴族たちの署名や印を見てきただろうから、彼が言うのなら間違いないのだろう。

しかし、そうなるとマサ郡が敵になるという事になる。そうなった場合、ルメイルはどういう判断を下すのだろうか。

「あの、その盟約状ちょっと見せてください」

ルメイルの横で話を聞いていたメナスがそう頼んだ。

「おお、そうか。お主はこういう時、使える力を持っていたのだったな」

メナスはじっくりと盟約状を見つめる。

「ふーむ。このマサ郡の署名と印は偽物だと思いますよ」

「本当か⁉」

「ええ、ちょっとお待ちください」

そう言ってメナスは部屋を出て行った。

「メナスにはこういう署名や印などの目利きをすることができるのだ」

そんな特技があったたか。

私の鑑定は、ステータスを見ることが出来るが、こういう特殊な能力などがあるかないかを測ることはできない。なので、鑑定の結果で完全に人間の有能無能が測れるとは思わないほうがいいだろう。

スキルが成長して、特殊な能力も鑑定結果に現れるようになってくれれば助かるのだが、私の鑑定で表示される事柄は最初に使った時から、一向に成長していない。期待は出来ないか。

しばらくしてメナスが戻ってきた。

もう一つ書状を持ってきている。

「これにマサ郡長様の署名と印が押されております。念のため見比べてみましょう」

メナスは持ってきた書状と、盟約状にある署名と印を見比べる。

ちなみにマサ郡長の印は、六角形の中に円、その円の中に五芒星《ごぼうせい》が彫られているというデザインである。

「やはり……若干円の形がおかしいですね………六角形もわずかに小さいような気がします」

正直よくわからないが、じっくりと見比べれば、そんな気がしないでもない。

メナスは今度は物差しを持ってきた。それで二つの印を計っていく。

「やはり僅かですが違いますね。署名のほうもよく似せていますが、字の癖に僅かな違いがあります。これは偽物で間違いないでしょう。ほかの署名と印は恐らく本物なので、バサマーク様側に付く郡長すべての協力を得てやっているのでしょうね」

「うむ、偽物であるのか。安心したぞ」

マサ郡が敵方に付いておらず、郡長はほっとしたようだ。

「これからこの件はマサ郡長殿、クラン様に報告して解決にあたる。今回は大儀であった。褒美は後に取らせるから、それまで待っているのだ」

「勿体無《もったいな》いお言葉です」

今回情報を知れたのはファムのおかげなので、褒められても戸惑いはある。ファムもリーツの紹介で知ったわけだし。

まあ、家臣の手柄は自分の手柄でもあるというのが、領主らしい考え方なのだろうな。

私たちは、城に一泊して屋敷に戻った。

○

数週間後。

ペレーナ郡の調略に成功したので、カナレ城に登城しろと、書状が届いた。

私たちは呼び出しを受けて、カナレ城へと赴き、ルメイルと面会していた。

今回ルメイルと面会しているのは、私一人である。

部屋の中には、ルメイルの横にメナスが立っているくらいで、ほかには誰もいない。

「よく来たアルス。改めて言うが、今回の件は大儀であった。お主のおかげでペレーナ郡はクラン様に付くことを決めたぞ」

「ルメイル様とクラン様のお力になれたのなら、嬉しい限りです」

「うむ、今回の件は本当に助かった。そういえば話してなかったが、ペレーナ郡からは重要な戦略資源が取れるのだ」

「戦略資源……何が取れるのでしょうか?」

「爆発の魔力石という非常にレアな魔力石だ。ミーシアン内ではペレーナ郡でしか取れず、サマフォース全土でも、ペレーナ郡を含む、四つの郡だけしか取ることが出来ない。爆発の魔力石は魔力水に加工すると、強力な魔法が使えるようになり、さらに強力な兵器の材料にもなる」

ペレーナ郡にはそんなものがあったのか。

じゃあ、ペレーナ郡が仲間になったという事は、だいぶ有利になったのではないだろうか。

いや、そうでもないか。ペレーナ郡は長いあいだバサマーク側に付いていたわけだし、もしかすると爆発の魔力石を今まで提供し続けていたのかもしれない。

「ただ、ペレーナ郡長の話によると、バサマーク様に爆発の魔力石を提供し続けていたらしい。関所を設けて、ペレーナ郡から人を通さないようにしておったが、それでも密輸をしていたみたいだ。中々の量、密輸していたようだから、これで戦に有利に立てるとは言い切れん。まあ、当然、ペレーナ郡を押さえられ続けるよりかは、状況は明らかに好転したのは間違いない」

私の予想通りのようだな。

「とにかくお主には褒美を取らせる。メナスもってこい」

「かしこまりました」

ルメイルは傍らに立っていたメナスに命令をする。

メナスを部屋を出てから、箱を二つ台車に乗せて持ってきた。

箱はそれぞれ大きさが違う。小さめの箱と、それより一回り大きい箱とあった。

「箱の中には、金貨が三百枚入っておる。これを褒美として取らせよう」

「さ、三百枚もですか」

褒美で金貨が貰えるだろうとは思っていたが、三百枚は思ったより多かった。

五十枚くらいだと思っていた。

「うむ、今回はクラン様からも褒美が出た。恥ずかしい話、私は懐事情もあって、それほど大金は出せんのだ。その小さめの箱が私からの褒美で、金貨五十枚入っておる。大きめの箱にはクラン様から報酬、金貨二百五十枚が入っておる」

クランからも報酬が出たのか。

センプラーを統治しているクランはかなりの金持ちなのだろう。二百五十枚くらいは軽く出せるという事か。

「ありがとうございます」

私は礼を言って褒美を受け取った。

台車ごと貰ったのだが、それでも運ぶのは大変そうだ。

「うむ、それともう一つ伝えねばならんことがあったが、クラン様がお主にお会いしたいそうだ」

「え？　私にですか？」

今回の件で活躍したとはいえ、私とクランの身分の差は非常に大きいため、会いたいと言っていると聞いて、私は驚いた。

この時代の貴族の格は、治めている領地の質により決まる。

かつては爵位によって決まっていたが、今では完全に形骸化しており、あるにはあるのだろうが、ほとんど使われる機会はなくなっている。

クランの治めるセンプラーは、ミーシアンの中でも最高の領地の一つだ。

それに加え、前総督の息子である。弱小領主の私とは、圧倒的な差があるのだ。

それなのに、わざわざ会いたいというのは意外である。何か裏がある可能性もゼロではない。

「実は、クラン様にお主のことをしゃべっていると興味を持たれてな。お主には人を見極める特別な才があるとは、レイヴンから聞いていたのだ。リーツや、シャーロットの才を見出したのはお主であると、自慢げに語っておったな。私もそれを話したところ、クラン様はお会いしたいとおっしゃられたのだ」

私の鑑定を話したのか。

確かに鑑定は非常に有用な能力だ。興味を持たれても不思議ではない。

「今度、ペレーナ郡の調略に成功したのを祝うパーティーを行う。ずっと敵だったペレーナ郡は、まだまだ本当に味方になったかどうか懐疑的にみられているから、それを払拭するために行うパーティーである。遊びで行うわけではない。そのパーティーにお主も来いとのことだ。会いたくないなら来なくてもいいとおっしゃられたが、当然来るであろうな？」

「はい、ぜひ行かせていただきます」

私は二つ返事で同意した。

クランは一度鑑定しておきたかった相手だ。

さらに今回のパーティーには、兄側に付く有力貴族たちが多く集まるだろう。どれだけ有能な人物がいるのか知りたかったところだ。このチャンスを生かさない手はない。

「よし、ではクラン様には行くと報告しておこう。では最後に今回は本当に大儀であった。これからの活躍にも大いに期待しておるぞ」

「はい、ルメイル様、クラン様のためにこれから力を尽くします」

褒美を持って私たちは城をあとにした。


「さて屋敷に帰るか」

「ちょっと待ってください」

城を出て屋敷へ戻ろうとすると、リーツが止めてきた。

「どうした？」

「あのシャドーのことですが。今回はペレーナ郡の情報を得るために、彼らに依頼をしましたが、元々はミーシアン全土の情報を得るために、シャドーを使おうとしていたことをお忘れではありませんか？」

「…………確かにそうであったな」

一度依頼をしてすっかり忘れていた。そもそもペレーナ郡の情報を得るという目的がなくても、シャドーとはコンタクトを取るつもりだったのだ。

「そうだな。ちょうど金貨も大量にもらって、依頼料もあるからな。トレンプスに行って、依頼をするか」

「はい、それがいいでしょう」

依頼するといっても何を依頼するべきか。

味方の情報はルメイルから、ある程度聞き出せるだろうし、今回パーティーが行われるので、それでどんな人材がいるかも知れるし、わざわざ頼む必要性もないだろう。

当然ここは敵の情報を得る必要がある。

敵の情報が一番集まっている場所といえば、やはり本拠地のアルカンテスだ。

警備も厳しいだろうから、シャドーとはいえアルカンテス城に潜入して情報を聞き出すのは難しいかもしれない。ただ、情報を得るには何も城に潜入しなければならないというわけではない。

城下にある町で情報収集を行うだけで、それなりに情報を得ることは出来るだろう。依頼の終了日は戦が終わるまでだな。

「アルカンテスに行って、有用な情報を集めてきてもらうと、依頼しに行けばいいか、戦が終わるまで情報を集めてもらおう」

「そうですね。それで大丈夫でしょう。ただ依頼の終了日を戦が終わるまでにした場合、結構依頼料は払わなければならないでしょうね」

「金貨は大量にもらったからな」

依頼内容を決めて、夜になり私たちはトレンプスに向かった。

「依頼だけどバサマークってやつを殺して貰ったりは出来ないの?」

トレンプスに入る前、突飛な発言をしたのはシャーロットであった。

私はだいぶ戸惑う。

「暗殺は……さすがに難しいだろう。身辺警護はガチガチに固めているはずだし。暗殺したら確かに戦がすぐに終わる可能性もあるが」

「やめたほうがいいと思いますよ。少なくとも自己判断でやるべきことではありません。クラン様が戦に勝った時、バサマーク様をどうなさる腹積もりか、分かりませんから。敵対しているとはいえ肉親ですので、殺さずにどこかに幽閉するつもりという事もあり得ます。クラン様から直接頼まれでもしない限りは、やるべきではないでしょうね」

「駄目かー、敵将を倒したら戦には勝てるって教えてもらったのになぁー」

多分教えたのは父だろう。まあ、間違った教えではない。

今回使うのは、乱暴すぎる手であると思うが。

私たちはトレンプスに入る。夜なので働いているファムの姿は見えない。

アレックスに依頼をしに来たことを話し、しばらく待って以前ファムに依頼しに行った場所に通された。

「思ったより早く再会できたな。アルス・ローベント」

少し口元に笑みを浮かべて、ファムはそう言った。

相変わらず女にしか見えない外見である。

私は手早く依頼の内容だけを説明した。

「有用な情報ね？　具体的に何が欲しい？」

「そうだな……敵の戦力情報、戦術、戦略、貴族たちの弱み強み、外交情報とにかく役に立ちそうと思った情報を逐一報告してくれ」

「アルカンテスか。あそこは結構面倒だからな……依頼料は結構かかるぜ。戦の終了までが契約期間ということだが、そうなると具体的な年数は分からないな。一月で金貨五枚でどうだ？」

「一年で六十枚か。まあ、いいだろう」

想定していた値段とそうは変わらなかったので、交渉はしなかった。

「それからかなり有効であると思われる情報を手に入れた場合、その度に特別報酬を貰えるというのはどうだ？」

「特別報酬か。金額はどうやって決める？」

「報酬額はその時その時で、話し合って決定する」

「なるほど。特に問題ない」

「分かった。じゃあ依頼を受けよう。金貨は最初の一ヵ月分をいただこうか。それから報告はオレの部下にやらせる。一月に一回そいつがここに来るだろうから、オレが情報を書いた書状を受け取ってくれ。次の月に払うはずの報酬も、そいつに払うんだ」

「分かったが、それならその部下と一度会ったほうがいいな」

「そうだな。明日またここに来てくれ」

「了解した」

そのあと金貨五枚を渡し、交渉は成立した。

私たちはトレンプスを出て、宿屋に泊まり翌日の夜、再びトレンプスに行ってファムの部下に会った。

「ベンです。よろしくお願いします」

何というか、めちゃくちゃ地味な顔の男を紹介された。

顔に特徴が全くない。声も平凡。

明日にでも顔を忘れてそうで、一ヵ月空いても覚えているか不安なくらいである。

ここは顔でなく、ステータスで覚えておこう。

私はベンを鑑定してみる。

アレクサンドロス・ベルマドルド
29歳♂
・ステータス
統率 33/88
武勇 78/80
知略 77/78
政治 45/66
野心 3

・適性
歩兵 A
騎兵 B
弓兵 A
魔法兵 B
築城 C
兵器 C
水軍 C
空軍 C
計略 B

色々驚きどころのあるステータスだな。

まず名前、ベンというのは本名ではないと思ったが、本名が個性的すぎる。これは顔を覚えてなくても、鑑定すれば一発でわかるな。

次にやけにハイスペックなステータス。

統率の限界値が非常に高い。

将になれるレベルである。

流石にここで引き抜きをかけるわけにはいかないが、家臣にしたいくらい優秀だ。まあ、家臣にしたいくらい優秀というのは、ファムもそうであるが。

そういえば傭兵を家臣にするというのは、この世界ではあるのだろうか？

あり得ない話ではないと思うが。シャドーを家臣に出来ることならしたいな。

もうちょっと私が出世すれば、それも可能かもしれないな。

そのあと私も挨拶をした。

今回は顔を合わせるだけで、特に何も話すこともなく終わった。

○

ルメイルから褒美をもらって数日経過。

現在、十二月十五日、夏真っ盛りの時期。ランベルクは冬は過ごしやすいが、夏は嫌になるくらい暑い。前世にあったクーラーもこの世界にはなく、早く秋にならないものかと思いながら、日々を過ごしていた。

「アルス様、ルメイル様から書状が届きました」

家臣が書状を持ってきた。

予想はついている。恐らくこの前言っていた、パーティーの件だろう。

中身を読んでみると予想は当たっていた。

パーティーの開催日が十二月三十日と、一月一日に決まったらしい。

この世界にも年越しを祝う風習がある。それに合わせてパーティーをするのだろう。そう考えると結構派手なパーティーになりそうだな。

場所はペレーナ城である。

ちなみにパーティーには、私以外は参加できないと書いてある。まあ、本来は私も参加できるような身分ではないので、それは仕方ないかもしれない。

パーティーには参加できないが、護衛もかねてペレーナにはリーツたちと一緒に行く。

出来ればリーツたちと一緒に年を越したいが、今年は仕方ないか。

ペレーナまでは、馬で三日ほどの時間を要する。

念のため五日前の十二月二十五日の朝に屋敷を出て、ペレーナに向かった。

今の私は一人で馬に乗ることが出来る。

自分用の馬も飼っており、今回はその馬に乗ってペレーナに向かっていた。

赤毛で小さめの馬だ。大人しい性格で扱いやすい。

乗馬というのは思った以上に体力を消費するもので、今の季節は夏。私は長距離を馬で走り切ったことはない。

ペレーナに着くころには私はヘトヘトになっていた。

到着したのは十二月二十九日。予定より少し遅くに到着。

ペレーナの町は、カナレと同じく城郭都市である。規模はカナレより少し大きい。カナレと同じく城郭外にも町がある。

すぐに宿をとって一休みする。

当日に到着していたら、かなり疲れている状態でパーティーに出なくてはならなかったので、一日休むことが出来てよかった。

そして当日十二月三十日の夕方ごろ、パーティーが始まる時間になった。

城の前までリーツたちに護衛をしてもらう。

「では行ってくる」

「はい……」

パーティーに参加できるのは、今回は私だけである。リーツは離れるのが不安なようだ。

流石にクランが来るようなパーティーなので、護衛はしっかりしている。門の前の兵も非常に多い。パーティー中に襲われる心配などはしなくていいだろう。

私自身がパーティーで思いがけず非礼な行動をとってしまわないか、それが不安である。

私はリーツたちと別れてペレーナ城へと登城する。

最初門番に止められるが、今回は登城の際に必要な手形を書状と一緒に貰っていたので、簡単に入ることが出来た。

ペレーナ城はカナレ城と同じく古めの城だった。大きさはカナレ城より僅かに大きいように見える。

門を通り城の入り口に近づくと、ザワザワという音が聞こえ始めてくる。

もしかして遅れてしまったのか？　私は焦って急ぎ足になる。

城の中に入ると、大勢の貴族たちがイスに座り雑談をしていた。

料理が運ばれていないため、まだパーティーは始まっていないようだ。私はほっとする。

私が城に入ると、何人かの貴族たちが、なんだこのガキは、という表情で私を見てきた。

ここに来ている貴族たちは、ほぼ私より格上の貴族なのだろう。何となく居心地の悪さを感じた。

「おお、アルスよ！　来たか！」

聞き覚えのある声が聞こえてきた。

声の聞こえた方を見ると、ルメイルがこちらに向かって歩いてきていた。

いつもルメイルの傍にいるメナスは、今日はいない。彼もパーティーに招待されていないのだろう。

「アルスにとって知らない者たちばかりだろうから、手短にだが説明する。まず、あそこに座っている小さめの男がペレーナ郡長のルルーク・ドーランであるな」

白髪《はくはつ》の小柄な中年男を指差して、ルメイルはそういった。

私はペレーナ郡長ルルークを鑑定してみた。

小柄な体軀《たいく》だが統率と武勇が高い。政治もそこそこ高いが、知略はあまり高くない。

確か彼も父と同じく成り上がりだったな。

中々有能そうな男なので、彼が味方になった事は資源の話を抜きにしても大きいだろう。

ルメイルは次々に、有力な貴族たちを紹介していく。

流石に郡長格の貴族たちとなると、ほとんどが一般人に比べると有能なステータスを持っていた。たまに大丈夫かこいつと思うものもいたが。

ただ突出した能力を持つものはいなかった。そこは少し心配になるところである。

「まだクラン様は来ておられないのですか？」

「来てはおられるが、今は会場にはおられないだろう。パーティーが開催される時、スピーチをされるはずだ」

スピーチをするのなら、その時に鑑定は出来るな。どんな人物か楽しみである。

紹介を終えた後、私はルメイルの右隣の席に座った。ルメイルの左隣の席には、ルメイルの正妻が座っていた。

今回パーティーに参加しているのは、有力な貴族その妻、それからその子供や、兄弟などだそうだ。

まだ鑑定していない者も大勢いるので、鑑定をしようとすると、シンバルを叩《たた》いたような音が響き渡った。

雑談をしていた貴族たちが静まり返り、立ち上がった。私も周りに流されて立ち上がる。

隣のルメイルが、

「来られるぞ」

と囁《ささや》いた。

コツ、コツ、と静寂の中、足音が近づいてくる。

大広間の奥にある扉が開いた。

金髪の男が入ってくる。

それと同時に貴族たちが頭を下げ始めたので、私も慌てて下げる。あれがクランだと思うのだが、よく確認する事は出来なかった。

「面を上げよ」

低く威厳に満ちた声が響き渡った。

私は頭を上げる。

豪勢な服を身につけた金髪の男が、堂々と貴族たちの前に立っていた。歳は四十代くらい。

顔には複数の傷があり、生まれのいい貴族であるが、幾多の戦いを潜り抜けて来たということが、窺い知れる。

私は早速クランを鑑定してみた。

クラン・サレマキア　45歳♂
・ステータス
統率 99/99
武勇 97/97
知略 78/79
政治 80/81
野心 93

・適性
歩兵 A
騎兵 S
弓兵 B
魔法兵 B
築城 A
兵器 C
水軍 A
空軍 B
計略 C

この能力値は……正直相当優秀だな。想像以上だ。

ただ弟バサマークはクラン以上に優秀で、父である総督に気に入られていたという話だ。クランより優秀となると、どれほどなのだろうか。

まあ、総督に人を見抜く能力がなかっただけの可能性もあるが。我が子となると、見る目が鈍るということもあるだろう。

「皆の者、今日はよく来てくれた」

クランのスピーチが始まった。

「今日で帝国暦二百十年が終わり、明日新たな年が始まるが、いまだにこのサマフォースの戦乱は終わりが見えない。もはや元のサマフォース帝国に戻るのは不可能であると私は考える。我々サレマキア家は元々ミーシアンの国王として君臨していた一族だ。私はこの戦に勝ち、ミーシアンを統一したらサマフォース帝国から独立して、ミーシアン国を樹立する。恐らくバサマークも同じ考えを持っているだろう」

ミーシアン国を作る。そんな考えを持っていたのか。まあ、現状を考えると、そんなにおかしい話ではないかもしれない。

「あの卑劣なバサマークは国王になれる器ではない！　今回の戦は必ず勝利する！　そしてその第一歩として、我々はバサマークの計略を見破ることに成功した」

ペレーナ郡長ルルークが騙《だま》されてバサマーク側に付いていた経緯を、クランは説明した。そして今まで敵側に付いていた事を非難はせず、むしろ良くこちら側に戻ってくれたと称賛した。それからルルークも貴族たちの前に出てきて、彼もスピーチを始めた。謝罪をした後、これからはクランのために力を尽くすと、決意を表明した。

「今回バサマークの卑怯《ひきょう》な計略を見破ったのは私ではない。若き才能がその大役を果たした。アルス・ローベント、ルメイル・パイレス、前へ」

いきなり私の名が呼ばれて動揺する。ルメイルは立ち上がり、「いくぞ」と小声で促した。何とか動揺を落ち着かせ、私も立ち上がる。

前に出て何か喋れという事か？　聞いていないんだが。

幸いルメイルも一緒に呼ばれたので、何とかしてくれるかもしれない。

人前で喋ることには結構慣れてはいるが、大勢の自分より格上の貴族たち相手となると話は別である。

緊張して全く喋れないかもしれない。

私は貴族たちの前に出る。クランのすぐ近くに立った。

近くで見るとクランの風格というか、威厳というものがよくわかる。

とにかく初めて会うのだから挨拶をしなくては、私は頭を下げて、

「お初にお目にかかります。アルス・ローベントです」

「そうだな。初めてだな。私はクラン・サレマキアである」

クランはにこやかな表情で挨拶を返してきた。

「見ての通りまだ子供であるが、カナレにあるランベルク領を立派に治めている領主である。今回

は彼がバサマークの策略を見破った」

クランがそういうと拍手が起こった。

そのあと、クランは具体的にどうやって策略を見破ったのか話さないで、私への賛美を並べた。

傭兵を忍び込ませたというやり方は、あまりよくないやり方だったのかもしれない。

私に役目を任せたルメイルの称賛をしたあと、何か一言言う流れになった。

「これからもクラン様の役に立てるように、力を尽くします」

とりあえず普通に当たり障りのない発言をした。拍手は起こったので、たぶんこれで良かったのだろう。

安心して元の席に戻ろうとすると、クランからこっそり手紙を手渡され、

「気が乗らないなら来なくていいが、できれば来てくれると嬉しい」

そう小声でささやかれた。

来なくていいって、この手紙にはどこかに来いと書かれているのか？

何をする気なのか不安である。気が乗らないなら来なくてもいいと言われたが、立場上それは無理だ。こっそり渡されたという事は、他人に見られてはいけないものである可能性が高いので、開けずに懐にしまった。

あとでトイレに行くとか、外の空気を吸ってくるとか、何か理由をつけて一人になってから読むか。

パーティーは進行して、食事が運ばれてくる。

流石にクランもいるということで、料理はかなり豪華だった。この世界に転生した後、食べた料理の中では一、二を争うほど美味しかった。

食事のあとは余興が行われる。

余興の演目表が壁に貼り出されているが、やたら長い。年を越すまでやるつもりなのだろう。

私は余興が始まる前に、トイレに行くと言って抜け出した。

そして一人になる場所を見つけて、手紙を読む。

『第三演目の魔法演舞が終了したら、パーティーから一時抜け出すので、君も抜け出してほしい。聞きたいことと頼みたいことがある』と書かれていた。

聞きたいこと、頼みたいこととはなんだ。正直不安だ。無茶なことを頼まれても断るのは難しいし、受けるしかない。私は手紙を懐にしまい、パーティー会場に戻った。

余興が開始される。

二つの演目が終了し、魔法演舞が始まる。色々な属性の魔法を掛け合わした、魔法演舞はなかなかの見ごたえであった。

クランは終わった後、拍手をする。そして、トイレに行くと言って、部屋を抜け出した。

私も同じく部屋から抜け出した。出ると、クランが待ち構えていた。

「呼び掛けに応じてくれて嬉しいぞ」

「いえ、当然のことです」

「では、ついてきたまえ」

クランは城の外に出る。

そのまま、門の外にまで出た。

門の外に出ると、背が高い細身の男と合流した。

「この男はロビンソン・レンジ。私が一番信頼する家臣である」

「ロビンソン・レンジです。よろしくお願いいたします」

華麗なしぐさで、頭を下げてロビンソンは挨拶をしてきた。

私も挨拶を返す。

鑑定してみると、ステータスは、統率、武勇は平凡だが、知略が88、政治が91もある。一番信頼するというだけあって、中々優秀な男であるようだ。

合流した後、町を歩く。

どこまで行く気だろうか。そもそも、頼みごとをするのに、こんな遠くまで来る必要があるのか？

「もうすぐ到着する。回りくどい真似をして申し訳ない。ほかの貴族たちにはなるべく聞かれたくない頼みごとをするから」

それを聞いて嫌な予感がした。ほかの貴族に聞かれたくないって……。

クランに少年趣味でもあって、私を襲う気でいるのか？　仮にそうだったら、私は抵抗できないぞ。やられるしかない。

考えれば考えるほど、不安になってきた。

「到着だ」

クランはこぢんまりした店の前でそう言った。外見は古臭い感じで、とても総督の息子が来るような場所には思えない。

店に入ると、誰もいなかった。客はおろか店主すらいなかった。

「金貨を払って、ここに誰も来ないようにしているのだ」

クランはそう言いながら、店にある椅子に座る。

「かけたまえ」

私はクランの目の前の椅子に座った。

「今から少し君を試させてもらう」

試す？　どういうことだ？

「君には人の才を見抜く力があると、ルメイルから聞いた。なんでもその力で、マルカ人や奴隷だった少女の才能を見抜いたらしいではないか。そんな力を持った君にしか出来ない頼みがあるのだが、一応本当にそんな力があるのか、試させてほしい」

なるほど私の鑑定関連での頼みか。変なことをさせられるわけではなさそうだな。それなら何でわざわざ外に出て話をするのか、理由は分からないが。

「分かりましたが……何をすればいいのでしょうか？」

「そうだな。まずは君の力をもう少し詳しく聞いておきたい。それにより試す方法を変えよう」

私は鑑定について説明した。

「統率、武勇、知略に政治の能力と、適性が計れるか……なるほど、想像以上だ。試す方法は単純だ。私とロビンソンの能力を鑑定してそれを伝えてくれればいい。ロビンソンについては誰よりも知っているつもりだし、自分のことにも当然であるが詳しい。二人分当たっていたら信用していいだろう。悪いところがあった場合は遠慮せず正直に言わないと駄目だぞ」

確かに単純な方法だ。それなら問題なくできるだろう。

鑑定時に出た具体的な数値を伝えても分かりにくいだろうから、良いや普通などと言って鑑定結果を伝えた。

「……なるほど……君には確かに人の能力を見る力があるようだ」

クランは納得してくれたようだ。

「では早速本題に入ろうか」

「は、はい」

「そう身構えるな。人払いをして話をしているので、不安になっているのだな。何か恐ろしい話をしようとしているわけではないので、安心するのだ」

不安がっているのが態度に出てしまった。

「君は今日、パーティーに来ていた貴族たちの能力を見てみたかね？」

頼みごとをされると思ったら、質問をされたので予想外に戸惑う。

「ええ、一応」

質問の意図は読めないが、正直に答えた。

「どう思った？」

「どう……ですか……そうですね。優秀な人が多かったと思いました」

「本当にそう思ったか？　どこか物足りなさを感じたりはしなかったか？」

「物足りなさですか？」

全く感じなかったと言えば嘘になる。

優秀であったのは事実だが、飛び抜けた者はクラン以外にはいなかった。もっと飛び抜けてすごい人がいるかもしれないと思っていたので、拍子抜けしたのは事実である。よく考えれば、貴族たちのほとんどが世襲で成り上がりで立場を築き上げたというわけではないので、そう簡単に飛び抜けて凄い者など、出ないのもおかしくはない。

私は正直に、少しだけ感じたと答えた。

「そうであろう。確かに我が方についている者たちに、無能は少ない。しかしながら優秀な者もまた少ない。郡長達だけでなく、その下に付いている家臣たちにも、名の知れた者は少ない。私の直属の家臣も、ロビンソン以外は大した者はおらぬというのが現状だ」

クランには私の鑑定ほど精密ではないが、ある程度人の能力を見極めることが出来るのだろう。

それとわざわざ人払いをした理由も判明した。貴族達を物足りないと話したら、反感を買うだろうからな。

「特に軍師となるべき存在がいないことが一番の問題だ。私自身は頭脳においては凡人の域を出ておらんし、ロビンソンは頭脳明晰《めいせき》であるが、軍師として仕事をした経験は少ない。一方、バサマーク側には、父の側近で長らくミーシアンを支えてきた知将リーマスがおり、さらにバサマーク自身も頭は切れる。昔から勉学では勝てた事がない。バサマークの右腕であるトーマスも、非凡な頭脳を持っている。その上、あの女……いや、あれは確か追放されたのであったな。とにかく我が方に比べて、バサマーク側には知恵者が揃《そろ》っている。バサマーク側と我々とでは、戦力的にはほぼ互角だ。ならば人材が揃っている方が勝ち、揃っていないほうが負けてしまうだろう」

「つまり今のままだと負けてしまうと、お考えなのですか？」

クランは頷いた。

「そこで頼みだが、君はその能力で有能なものを何人も家臣にしているのだったな。軍師となれるべき者を私に推挙してはくれんかね？」

「推挙ですか？　それはちょっと……」

推挙とは、つまりクランの部下になるよう、私の家臣を薦めるという事である。それは出来ない。

「まあ、有能な人材を取られたくないのは分かる。ではこうしよう。次回から軍議に君も参加したまえ」

「軍議……ですか？」

「ああ、有力な貴族たちを集めて、軍議をしているのだが、それに軍師となる人材を連れてきて、参加してくれればいいだろう」

「えーと、そんなところに私のような未熟者が参加して大丈夫なのでしょうか？」

「反感は買うだろうな。だがそこは何とか私が言いくるめよう。軍議に参加して案が採用されるかは、その案次第だろう。いい案を言えば皆、納得するはずだ。飛びぬけて優秀な者はおらんが、無能もまた少ないからな。いい案か悪い案かを判断するくらいの能力は持っている」

「もう一つ気がかりがあるのですが、もしかしたらマルカ人が参加するかもしれないのですが、それで特別何か言われる可能性はありませんか？」

仮にこの話を飲むのなら、連れて行くのはリーツとロセルになるだろう。

しかしマルカ人であるリーツは差別の対象だ。果たして意見を聞き入れてもらえるだろうか。

「なるほど。軍師になるべき者の一人はマルカ人なのか。確かに差別的な目で見てくるものはいるだろうが、先ほど言った通り、どんなことを言ったかが重要である。間違いない案を出せば、文句をいうものはいないし、いたとしても少数派だろう。それならば私が黙らせることが出来る」

「そうですか」

しかし軍議に参加しろか。

私のような子供に頼らなければならないとは、大丈夫なのだろうか。負ける方に付くのは真っ平ごめんである。

果たして私が力を貸した程度で、勝てるようになるのか疑問だ。

確かにリーツもロセルも、知略は高い。

ただ、リーツは何の問題もないが、ロセルには問題がある。

彼はまだ子供だ。しかも、最近知略の伸びが止まっており、数年前から一しか伸びていない。現在は90である。

勉強は毎日しているし、日に日に賢くなっているように見えるのだが、それでも上がらない。恐らく知略というステータスは、どれだけ戦で役に立つ作戦を考えることが出来るか、という数値なのだろう。

ロセルには圧倒的に実戦経験が足りていないので、伸び悩んでいるのだろう。

そのため、いきなり使うのは非常に問題が大きい。

リーツ一人でとなると、果たして勝てるかわからない。

先ほど知恵者として三人の名前が挙がったからな。リーツは知略特化ではなく、オールラウンダーである。さすがに分が悪くなる可能性が高い。

勝てない方に付きたくはないが、かといって裏切るというのも可能かどうか。

カナレ郡長を説得すれば何とかできるか？　少なくとも現状で私一人がバサマーク側に付くのは難しいか？　何らかの手段でバサマーク側の重臣にコンタクトを取って、内通すればいいだろうか。しかしそれでも、私のような名のない貴族が敵と内通するのは難しい気がする。

「アルス、この話を聞いて君も色々考えることがあるのは分かるよ」

とクランは私を見透かしたようにそう言った。裏切ろうとしたことが分かっているのだろうか。

「こういう時は、対価を与えないといけない。仮に君の軍師の活躍で、バサマークに勝利した場合、君をカナレ郡長にしてあげよう」

「え？」

その発言に驚く。私がカナレ郡長に？

「可能なのですかそんなことが。ルメイル様はどうなります?」

「彼はもっと規模の大きい郡の郡長にする。カナレは州境に近いなどの理由もあって、それほど好ましい領地とは言えないんだ。パイレス家は五代ほど前からカナレ郡長を務めているので、愛着もあるだろうがより良い領地を貰えるとなると、不平を唱えることは出来ないだろう」


活躍したら郡長……。


つまり城持ちの領主になれるという事か……。

正直ランベルクは悪くない土地だが、どうしても限界はある。今のままでは上の人物の一存であっさり滅ぼされる弱小領主から抜け出すことは不可能だ。

カナレ郡長になるということは、非常に大きなことである。

確かに戦では負けるリスクがある。

しかし、バサマーク側に内通するというのも、またリスクのある行動である。


よし決めた。

「分かりました。そのお話、お受けいたします」

あとがき

本書を購入し、読んでくださり誠にありがとうございます。作家の未来人《みらいじん》Aです。

今作は領地経営もので、某戦国シミュレーションゲームに着想を得て、執筆しております。

そのゲームは、戦国時代に各地を治めていた大名となり、天下統一を目指すというものです。

四十年近く前にシリーズ第一作が発売され、現在十五作目が出ている、超人気ゲームです。

私もファンの一人で、全シリーズやっているというわけではありませんが、何作かはまりにはまって、数百時間プレイした作品もあります。それくらい好きなゲームです。

このゲームでは、日本人なら誰もが知っている織田信長や、徳川家康などの大名になってプレイすることが可能です。

織田家や徳川家はとにかく人材が豊富で、割とあっさり天下統一出来ます。

最初はそれで十分楽しめるのですが、プレイ時間が長くなると、物足りなくなり難易度を上げてプレイをしたくなります。

その際、具体的な名前は出しませんが、コアな歴史ファンしか知らないような大名を選んでプレイすると、大名の能力も低く、かつ家臣の能力も低いので、天下統一まで相当な苦戦を強いられることになります。

難しいとやりがいを感じて、ドはまりし、ついつい徹夜でゲームをやり続けたなんてこともありました。

それだけに天下統一を果たした時の達成感は、格別なものがありましたね。

『転生貴族、鑑定スキルで成り上がる』は、そういう、弱小大名プレイから着想を得たりもしています。

今作で五作品目の書籍化となります。作家になってから約二年という期間に、これだけ書籍を出すことが出来るとは、数年前までは夢にも思っていないことでした。

元々趣味程度で始めた執筆活動でしたので、ここまで多くの方々に読んでいただけるようになり、感無量であります。

今作を購入していただいた方、WEB版から応援いただいている読者の方、作品作りに尽力いただいた編集者様、素敵なイラストを描いていただいた、jimmy先生にお礼を申し上げたいと思います。本当にありがとうございました。

それではまた、次巻でお会いしましょう。

Kラノベブックス

転《てん》生《せい》貴《き》族《ぞく》、鑑《かん》定《てい》スキルで成《な》り上《あ》がる
～弱小領地《じゃくしょうりょうち》を受《う》け継《つ》いだので、優秀《ゆうしゅう》な人材《じんざい》を増《ふ》やしていたら、最強領地《さいきょうりょうち》になってた～

未来人《みらいじん》A《エー》

2020年6月30日第1刷発行
2024年9月20日第3刷発行

発行者	森田浩章
発行所	株式会社 講談社 〒112-8001　東京都文京区音羽2-12-21
電　話	出版　(03)5395-3715 販売　(03)5395-3605 業務　(03)5395-3603
デザイン	AFTERGLOW
本文データ制作	講談社デジタル製作
印刷所	株式会社KPSプロダクツ
製本所	株式会社フォーネット社

KODANSHA

ISBN978-4-06-520422-1　N.D.C.913　299p　19cm
定価はカバーに表示してあります

ファンレター、
作品のご感想を
お待ちしています。

あて先
〒112-8001　東京都文京区音羽2-12-21
(株) 講談社　ライトノベル出版部 気付
「未来人A先生」係
「jimmy先生」係

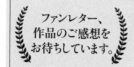

実は俺、最強でした？
5
澄守彩
illust.高橋愛
める
Kラノベブックス

講談社ラノベ文庫

氷剣の魔術師が世界を統べる1～8

世界最強の魔術師である少年は、魔術学院に入学する

著:御子柴奈々　イラスト:梱枝りこ

魔術の名門、アーノルド魔術学院。少年レイ＝ホワイトは、
唯一の一般家庭出身の魔術師として、そこに通うことになった。
しかし人々は知らない。彼が、かつての極東戦役でも
数々の成果をあげた存在であり、そして現在は、世界七大魔術師の中でも
最強と謳われている【氷剣の魔術師】であることを——。